Doe,

opy Hanukkah, Me⋯ s
w Year and Happy Birthday:
mpact. I can't believe how t

It's like a clock with an hour ⌐
⌐ the hands go around. But you're
idvice, chat, adventure, high drama
occasional hedonistic episode.
inctional, maybe symbiotic? Wh
lish our relationship for what
iere's to a lifetime of it.

Love,
Andrew

Poe,

ppy Hanukkah, Merry Christmas

w Year and Happy Birthday.

mpact. I can't believe how t

It's like a clock with an hour

the hands go around. But you're

advice, chat, adventure, high drama

ccasional hedonistic episode

nctional, maybe symbiotic? Wh

lish our relationship for what

tere's to a lifetime of it.

love,
Andrew

사랑을 쓰다

사랑을 쓰다

누군가의 서랍 속, 135통의 러브 레터

빌 샤피로 엮음
윤미나 옮김

북노마드

To Sasha and SOREN:

This is my LOVE LETTER TO you

사사와 소렌에게,
이 책은 너희들에게 보내는 나의 러브 레터란다

들어가며

남의 연애편지를 처음 읽었을 때, 내 심장은 죄책감에 두근거렸다.

이제 와 고백하지만, 그 편지는 당시 여자친구의 것이었다. 그녀는 침실에서 신발을 고르는 중이었고, 나는 주방에서 아몬드를 씹으며 빈둥거리고 있었다. 싱크대 주변은 늘 그렇듯 난장판이었다. 사진들, 주소록, 지폐뭉치… 그런 무더기들 중 하나에 무심코 시선이 옮겨 갔다. 거기에는 임금처럼 위엄 있는 자태로, 웬 쪽지 하나가 놓여 있었다.

나는 그것을 집어 들었다. 그랬다. 떳떳한 일은 아니었다. 하지만 일단 저지르고 보니, 돌이킬 수 없었다. 대충 찢은 종이에 갈겨 쓴, 그 구겨진 쪽지는 내게 요상한 영향을 미쳤다. 물론 혼란스러웠다. 어렴풋이 상처 비슷한 감정도 느껴졌다. 그런데 또 다른 무엇이 있었다. (1년 전? 10년 전? 아무튼 과거에) 그녀의 다른 남자가 쓴 쪽지는 내가 불과 몇 주 전에 썼다 지웠던 쪽지와 놀랄 만큼 비슷했다. 단어들 때문이 아니라 용솟음치는 감정, 쾌활함, 낙천성 같은 것이 비슷한 느낌을 주었다. 그것은 아주 익숙하게 보였다.

마음속에 의문이 떠올랐다. 우리 관계가 내가 생각한 것만큼 특별했을까? 그 쪽지는 분명히 그가 쓴 것이었다. 자기들끼리 아는 농담이 있고, (생생하게) 글자로 표현한 욕구가 있었다. 그것이 내가 안다고 생각했던 여자를 위한 편지라는 걸 믿을 수 없었다. 두 번이나 편지를 읽었다.

실은 세 번 읽었다.

왜 그녀가 거기에 쪽지를 두었는지 궁금했다. 아마도 우연이었을 것이다. 하지만 의도적인 우연이었을 수도 있다. 어찌 됐건 그녀는 내게 무슨 말을 하고 싶었던 걸까? 그 남자는 내가 모르는 그녀 안의 뭔가를 건드렸을까? 내가 알지 못하는 어떤 의미를 그녀에게 전달했을까? 그리고 나자 더 큰 질문들이 나를 덮쳤다. 이 편지는 그녀의

인생에서 어떤 역할을 했을까? 그녀는 사랑이 얼마나 좋을 수 있는지, 혹은 얼마나 덧없는

건지를 다시 떠올리기 위해 그 쪽지를 끄집어냈을까?

그녀는 왜 이 아홉 줄짜리 편지를 간직했을까? 그녀가 유별나게 다른 사람들과 달랐을까?

나는 이 꾸깃꾸깃한 종이가 우리에게 정서적으로 무엇을 상징할 수 있을지 생각하기

시작했다. 우리는 왜 어떤 편지는 즉시 던져버리고, 어떤 편지는 수십 년간 간직하는가?

헤어진 연인의 편지는 가지 않은 길이기 때문일까? 지금 우리 곁에 있는 사람이 과거에

보낸 편지는 결국 헤어지지 않을 수 있었던 이유를 보여주는 실마리이기 때문일까? 혹은

연애편지란, 우리 삶에서 누군가 우리의 가장 멋진 모습을 보았던 순간을 상기시키기

때문일까?

그래서 나는 다른 사람들의 연애편지를 모으기 시작했다.

내가 아는 모든 사람들에게 연락을 해서, 간직하고 있는 편지가 있으면 보내줄 수 있냐고

물었다. 나는 발품을 더 팔기 위해 팀을 꾸리기까지 했다. 이 극성스런 사람들은 헤어진

연인들에게 전화를 걸기(!) 시작했고, 그들 역시 자신의 옛 연인들에게 전화를 걸었다.

이런 식으로 꼬리에 꼬리를 물고 네트워크는 확장되었다.

연애편지 모음집에서 흔히 볼 수 있는 그런 종류의 편지에는 관심이 없었다. 벤저민

프랭클린이 F 부인에게 보냈던 깃털 펜으로 쓴 구애편지 같은 것도 관심 밖이었다. 나는

우리 같은 평범한 사람들이 누군가를 사귈 때 쓴 연애편지, 이메일, 문자 메시지, 엽서를

찾고 싶었다. 줄기차게 사랑의 붉은 장미 꽃다발을 선사하는 편지만 보고 싶은 사람이 누가

있겠는가? 현대인의 사랑은 복잡하다. 잘되는가 싶다가 곤두박질치고, 요리조리 손아귀를

빠져나가기도 하고, 두 발짝 앞으로 갔다가 한 발짝 물러난다. 영원한 사랑을 속삭이는

편지도 좋지만 불확실성, 씁쓸함, 후회의 솔직한 순간들이 드러난 편지를 원했다.
말하자면, '사랑'이란 장미꽃의 가시가 드러나 있는 그런 편지 말이다.

봉투들이 도착하기 시작했다. 내가 열기 전까지 아주 사적인 메시지였던 것들이 속속
모습을 드러냈다. 첫 편지에는 부드러운 사과의 말이 담겨 있었고, 두 번째 편지에는 트리플
섹스 욕망이 종이 두 장을 빽빽이 채우고 있었다. 이런 편지들이 우리 집 거실에 산처럼
쌓였다.

나는 연애편지에 대한 교훈을 얻었다. 대부분은 수치스러운 죽음을
맞이한다.

찢기거나 쓰레기통에 들어가고, 개 이빨에 물어뜯기거나 불타버리고, 땅에 묻히거나
양변기 구멍 속으로 빨려 들어간다. 이 책에 실린 편지는 생존자들이다. 이들은 간직되었고
거듭 읽히며 음미 되었다. 그리고 이제는 다른 사람들과 공유될 것이다. 모든 편지는 저자의
허가를 받아 책에 실었다.*

편지를 쓴 사람들은 누구일까? 헬리콥터 조종사, 음악가, 사회학자, 영업사원, 학생,
퇴직자, 주부, 컴퓨터 프로그래머, 컨설턴트, 공사장 인부, 건축가, 교사, 어린이, 변호사,
점원, 영화제작자 등 각양각색의 사람들이다. 사랑의 지조를 지킨 사람들도 있고 바람을
피운 사람들도 있다. 어쩌면 여러분이 아는 사람일지도 모른다. 아니, 어쩌면 여러분의
연인일지도 모른다.

편지를 모으면서 나는 드문 기회를 얻었다. 남의 은밀한 편지를 마음대로 들쑤시면서
양심의 가책을 느끼지 않아도 되는 기회 말이다. 여러분도 언젠가 누군가의 주방 싱크대
위에 지나치게 오래 눈길이 머문다면, 뜨끔한 느낌을 피하기 어려울 것이다. 어쨌든

대부분의 사람들이 살면서 연애편지를 받을 일이 생길 테지만, 그것이 식탁 주위에 돌아다닐 가능성은 희박하다. 그 대신 파일 캐비닛 구석에 '자동차 보험'이라는 엉뚱한 라벨이 붙은 폴더에 감춰질 가능성이 높다(주의: 여러분이 그런 곳에 연애편지를 숨겨두고 있다면, 다시 생각해보는 게 좋겠다).

여전히 감춰져 있는 편지들처럼, 여기 모아 놓은 편지도 원래는 사랑하는 한 사람만을 위해서 씌어졌다. 그래서 망설임 없이 솔직하다. 이런 편지를 읽는다는 건 낯선 사람의 마음에 걸린 자물쇠를 따고, 그 사람 인생의 가장 강렬한 순간을 들여다보는 것과 같다. 그러나 여기서 발견할 수 있는 매력은 단지 엿보는 행위에 숨은 심리보다 훨씬 더 복잡하다. 좀 더 깊이 들어가 보면, 우리가 들여다보는 마음이 우리 자신의 것과 다르지 않음을 알게 되기 때문이다.

● 몇몇 경우에는 저자와 가장 가까운 친척들의 허가를 받아 편지를 실었습니다. 저자 혹은 수신자의 신상을 보호하기 위해 약간 수정한 편지도 있습니다. 그리고 모든 편지의 전문을 싣지는 않았습니다.

● 편지로 이루어진 본문의 성격을 고려하여 차례는 생략합니다. 또한 편지의 주인공의 요청으로 인해 원서와 달리 생략된 편지가 있음을 밝혀드립니다(편집자 註).

I love that you
sent me an actual
letter.

I can feel your
hand on the pen,
pressing firmly
on the paper.

Did you moisten the
envelope with your
lips?

당신이 손편지를
보내줘서 좋았답니다.

펜을 쥐고 종이를
꾹꾹 누르며 글씨를 썼을 손길이
느껴져요.

촉촉한 입술로 봉투를
스치기도 했나요?

dan: I want to tell you
that I know you are
sorry — and that's all I
can ask from you. we've
all done things we are
sorry for — nor do I fully
blame you anyway.
we need time, but I
want nothing more than
to be your friend again —
when it feels right.
love kerry.

댄, 당신이 미안해한다는 거 알아.
그 말을 해주고 싶었어. 난 당신에게 아무 미련이 없어.
그동안 우리 사이에 안타까운 일이 많았지. 하지만
당신을 조금도 탓하지 않아. 시간이 필요할 테지만.
다시 친구가 되는 것 말고는 원하는 게 없어.
물론 적절한 때가 되어야겠지.

케리.

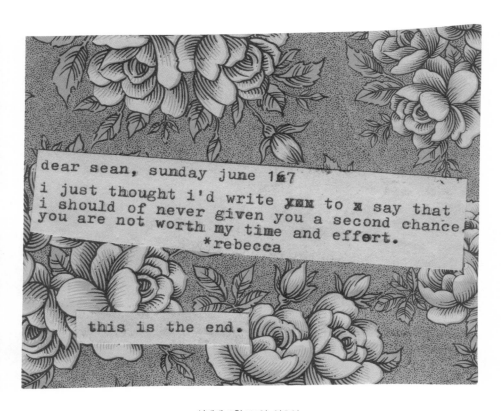

dear sean, sunday june 167
i just thought i'd write you to x say that
i should of never given you a second chance
you are not worth my time and effort.
*rebecca

this is the end.

션에게, 6월 167일, 일요일

너한테 두 번 기회를 주는 게 아니었어.
그 말 하려고 편지 쓴 거야.
넌 내 시간과 노력을 들일 가치가 없는 놈이야.
*레베카

이제 끝이야.

당신 정말 멋져요.
언제 같이 와인이나 테킬라, 어때요?

☒ 물론이죠.
☐ 싫어요.

뭐라고요? 내가 미친 것 같아요?
맞아요! 뒤를 보세요. →

내 여자친구가 되어 주겠어요?
□ 좋아요. ←
□ 싫어요.

이 커플은 JDate에서 만났다. 어느 날 아침 남자가 출근 준비를 하고 있을 때, 여자는 그의 침대에서 이 쪽지를 썼다. 여자는 남자가 저녁에 돌아왔을 때, 쪽지를 보고 웃을 거라고 생각했다. 그녀가 옳았다. 두 사람은 결혼해서 2년 넘게 잘살고 있다.

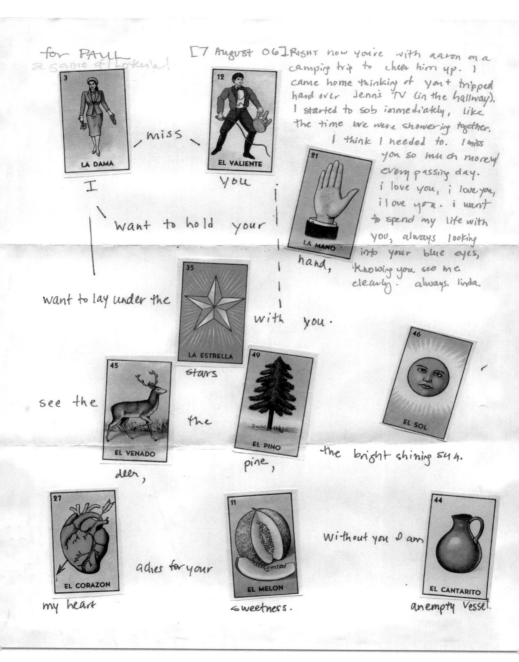

for PAUL
a game of Loteria!

[7 August 06] RIGHT now you're with aaron on a
camping trip to cheer him up. I
came home thinking of you + tripped
hard over Jenn's TV (in the hallway).
I started to sob immediately, like
the time we were showering together.
I think I needed to. I miss
you so much more w/
every passing day.
i love you, i love you,
i love you. i want
to spend my life with
you, always looking
into your blue eyes,
knowing you see me
clearly. always. linda.

LA DAMA   — miss —   EL VALIENTE
I   you

want to hold your   LA MANO

hand,

want to lay under the   LA ESTRELLA
stars
with you.

see the   EL VENADO
deer,   the   EL PINO
pine,   the bright shining sun.   EL SOL

EL CORAZON   EL MELON   Without you I am   EL CANTARITO
my heart   aches for your
sweetness.   an empty vessel.

16

06년 8월 7일

폴에게

지금쯤 아론하고 한창 캠핑 중이겠구나. 자긴 그의 기분을
좋게 해주려고 열심이겠지. 난 줄곧 자기 생각을 하며
집에 왔는데, 복도에 있는 텔레비전에 부딪혀서 넘어졌어.
근데 갑자기 서러워서 눈물이 터져 나오는 거야.
우리가 같이 샤워를 했던 그때처럼 말이야. 울길 잘한 것
같아. 날이 갈수록 자기가 점점 더 그리워. 사랑해,
사랑해, 사랑해, 자기야. 자기랑 평생 함께 지내고 싶어.
파란 자기 눈을 들여다보면서, 나를 바라보는 맑은 자기
눈빛을 확인하고 싶어. 늘 그랬으면 좋겠어.

린다

나는 ____ 자기가 ____ 보고 싶어요.
____ 자기 손도 잡고 싶고요.
자기랑 ____ 별빛 아래 눕고 싶어요.
사슴, 소나무, 환히 빛나는 태양을 보고 싶어요.
심장이 아파요. 자기가 너무 달콤해서요.
자기가 없으면 나는 텅 빈 항아리 같아요.

p.s. I look forward to you

Also, where do

letters too much to call.

p.s. 전화하고 싶지만, 그보다 당신 편지를 목 빠져라 기다리고 있어요.

you stand on chains?

근데 당신, 구속에 대해 어떻게 생각해요?

남자는 쇼윈도 앞을 지나다가 여자를 보았다. 점원인 그녀는 매우 아름다웠다. 그는 상점 안으로 들어가 쓸데도 없는 물건을 샀다. 그리고 다분히 의도적으로, 카운터에 안경을 두고 갔다. 나중에 남자는 안경을 찾으러 와서 여자의 이메일 주소를 얻어냈다. 두 사람은 2주일 동안 이메일 수십 통을 주고받으며 시시덕대다가 데이트를 시작했다. 두 사람이 사귄 4개월 동안 남자는 여자가 구속에 대해 어떻게 생각하는지 확실히 알 수 있었다.

평화.

땀.

전부 다!

여자는 이 그림을 그리는 데 약 두 시간이 걸렸다. 그녀가 기억하기로는 입술 도장을 찍기에 완벽한 립스틱 색깔을 고르느라 시간이 더 걸렸다고 한다. 두 사람은 1992년 대학에서 만났고(여자는 남자의 '모리시 셔츠'를 좋아했다), 그 이후로 계속 같이 있다.

Thank you, I hate you, I'm sorry

Thank you
because without your support, I wouldn't be here
I wouldn't have stayed when things got hard
I wouldn't have believed that I could find a life.
Thank you for the way you know me,
for being my best friend for what feels like forever,
and for raising the bar so high that I don't know where to begin.
Thank you for knowing to let go before things got ugly.
On some level, you must've known that forcing me to fly
would force you to fly too, to do the things you know you need.
And maybe you even share the belief that our paths
will join us together again, and for always.

I hate you
for not wanting it badly enough,
for not believing we could do this together,
for not following through.
I hate that you didn't have the balls to take a chance,
to explore this place that's filled with your dreams.
I hate that you don't even seem to be doing
the things that made you stay.
I hate that the way you tell me how you feel almost always hurts,
and that most of the time you just don't tell me at all.
I hate that you are the only guy I can imagine loving,
and you make letting go seem so easy,
like it doesn't hurt at all,
like you don't ever cry.

I'm sorry
I left the way I did,
because of what it said to you:
that I would always expect you to follow.
I'm sorry I didn't see it like that.
I thought paving the way would create
an adventure that would change our lives.
I'm sorry I didn't wait until you were ready,
that I didn't think I could, so the decision didn't feel like yours.
I'm sorry that it seemed like your opinion wasn't important,
when nothing could be further from the truth.
I'm sorry that I doubted our future, and made you doubt it too.
I didn't know well enough myself to tell you
all the things that needed to change, and why.
We both thought we'd have more time, and then I left.
I'll always be sorry for that.

여자는 뉴욕으로 가기 직전에 남자친구에게 이 편지를 썼다. 그들은 2년간 떨어져 지내면서 "각
자의 삶을 살고 성장"했다. 그러나 서로에 대한 생각을 하지 않은 적이 없었다고 한다. 그러다가
남자가 뉴욕으로 오게 되었고, 두 사람은 다시 만나기 시작했다. 여자는 그들이 내린 결정(헤어지

고맙고 믿고 미안해

　　먼저 고마워.
　　당신이 도와주지 않았더라면 난 여기 있지 못했을 거야.
　　힘든 상황에서 버티지 못했을 거고
　　내 삶을 찾을 엄두도 못 냈을 거야.
　　나를 이해해줘서 고마워.
　　그토록 오랫동안 제일 친한 친구가 되어줘서 고맙고
　　어디부터 시작해야 될지 난감할 정도로 기대치를 높게 잡아준 것도 고마워.
　　상황이 지저분해지기 전에 놓아버리는 법을 알게 해줘서 고마워.
　　하지만 당신은 나에게 날라고 재촉하면 자기도 날아야 한다는 걸 몰랐던 거야.
　　자기가 아는 대로 해야 한다는 걸 알았어야지.
　　어쩌면 당신도 우리 인생의 길이 다시 만나
　　영원히 갈라지지 않을 거라고 믿었을까.

　　당신이 미워.
　　정말 간절히 원하지 않아서 밉고
　　함께 해낼 수 있으리라고 믿지 않아서 밉고
　　끝까지 해보지 않은 것도 미워.
　　기회를 잡을 수 있는 배짱이 없어서 밉고
　　당신이 꿈꾸던 것들로 가득한 곳을 탐험할 용기가 없어서 미워.
　　당신을 머물게 한 일들을 더 이상 하지 않아서 미워.
　　당신의 감정을 말할 때마다 내게 상처를 줘서 밉고
　　그나마도 거의 말하지 않아서 미워.
　　내가 사랑하는 걸 상상할 수 있는 유일한 남자가 당신이라서 밉고
　　절대로 상처받지 않을 것처럼
　　단 한 번도 울지 않을 것처럼
　　그렇게 쉽게 놓아버려서 미워.

　　미안해.
　　나는 예전 방식을 버렸어.
　　언제나 나는 당신이 따라주길 기대했지.
　　다른 식으로 보지 못해서 미안해.
　　길을 닦아 놓으면 우리 삶을 변화시킬 모험이 펼쳐질 줄 알았어.
　　당신이 준비될 때까지 기다리지 못해서 미안해.
　　난 내가 할 수 없을 거라고 생각했어.
　　그래서 어쩐지 당신이 그런 결정을 내렸을 것 같지 않았어.
　　진실과는 아무 상관없이 당신 의견이 중요하지 않은 것처럼 되어버려서 미안해.
　　우리의 미래를 의심하고 당신도 의심하게 만들어서 미안해.
　　무엇을 바꿔야 하고 왜 바꿔야 하는지 설명하기엔 내가 나 자신을 잘 몰랐어.
　　우리 둘 다 시간이 더 있을 줄 알았지만 내가 떠나버렸지.
　　계속 두고두고 그 점이 미안할 거야.

고 다시 만난 것)을 한 순간도 후회하지 않았다고 말한다. 그런 일이 있었기에 그들의 현재가 있는
것이다. 두 사람은 같은 집에서 살고 있다.

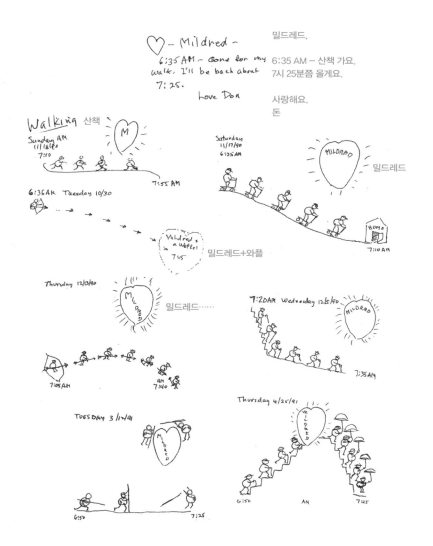

도날드와 밀드레드는 1937년 은행 잔고 17달러를 가지고 결혼했다. 금혼식을 치르고 2년 후에 도날드가 심장 수술을 받았다. 불행히도 대동맥이 파열되어 그는 두 달간 혼수상태에 있었다. 그는 정신 능력과 신체 기능이 일부 손상된 채 깨어났지만, 곧 매일 아침 산책을 가기 전, 밀드레드에게 사랑의 쪽지를 쓸 수 있을 만큼 회복되었다. 도날드는 5년 후 세상을 떠날 때까지 하루도 빼놓지 않고 쪽지를 썼다.

Hi Lauren,
I was going to come and see you today but I decided it would be better to leave things with the sweet memories I have of last night. I had a wonderful evening - thankyou.
I read your letter and it was the most beautiful thing anybody has ever written to me - I shall really miss you.
Anyway I'll write soon, but until then I'll see you in my dreams

lots of love

DAN

안녕, 로렌.
오늘 배웅해주려고 했는데, 어젯밤의 달콤한 기억을 간직한 채 그냥 있는 게 좋을 것 같았어. 어젠 정말 멋진 시간이었어. 고마워.
네가 쓴 편지 읽었어. 지금까지 내가 받은 편지 중에서 가장 아름다운 편지였어. 많이 보고 싶을 거야.
그럼 또 쓸게. 하지만 그때까지 우리 꿈속에서 만나자.

사랑을 담아, 댄.

뉴잉글랜드의 작은 대학교를 다니던 여자는 미국을 떠나, 런던에서 한 시간쯤 떨어진 학교에서 3학년을 다니게 되었다. 얼마 후 여자는 한 영국 남자를 만났다. 그리고 1년 동안 "그와 조용히 사랑에 빠졌다." 여자가 미국으로 돌아가기 전날 밤, 두 사람은 마침내 키스를 했다. 다음날 아침 여자가 비행기를 타러 떠날 때, 두 사람의 친구가 이 편지를 건네주었다. 그들은 이따금 이메일을 주고받았지만, 2년쯤 후에는 연락이 끊겼다. 여자는 최근에 옛날 편지들을 뒤적이다가 이 편지를 읽게 되었다. 갑자기 궁금해진 여자는 남자에게 연락을 해보기로 결심했다. 그들은 다섯 번 정도 이메일을 주고받았다. 그리고 남자는 미국행 비행기를 탔다. 두 사람은 10년 만에 처음 만났지만, "가장 아름답고 로맨틱한 주말"을 보냈다. 남자는 곧 다시 오기로 했다.

And I shall Love you until I draw my
last breath, and beyond.

내가 마지막 숨을 쉴 때까지,
그리고 그 이후로도 영원히 당신을 사랑할 거예요.

You asked me to "give you a little something?" Well here it is: I'm giving you half my heart. I wanted to give it to you today—even though I'm spacy, a little bit sore in all the good places and still have absolutely no saliva—because it's what I feel and I know it's "real." I also know that tonight will be hard for you, and that there will be harder times to come for both of us. But right now, I just want you to know that last night was totally off-the-charts incredible for me in the most surprising and profound ways. Even as I write this, I can feel my heart (the other half) twinge and my skin tingle (those frissons again) when I think about how strangely, wonderfully comfortable I felt with you…so close, so calm, just lying there in the pre-dawn delirium, softly touching, bodies entangled. I want to use the word intimacy even though I know the professionals will say it can't be so because it's not a "real" relationship. All I know is that being with you was amazing. You're amazing. Really.

Oh, and as for the other half of my heart, I'm going to hang on to it and try to keep it in a safe place for a while. Maybe you'll let me know, someday, if you want it. And maybe, someday, I'll give it to you.

'뭔가 작은 것'을 달라고 했지? 음, 좋아. 여기 있어. 내 심장의 절반을 줄게. 원래 오늘 주려고 했어. 오늘은 종일 멍하고 여기저기 쑤시는 데다 침까지 말라버렸지 뭐야. 그렇지만 그냥 주고 싶더라고. 그게 내 '진심'이니까. 또 오늘밤은 네게 힘든 시간이 될 테고, 우리 두 사람에게는 더 힘든 밤이 될 거잖아. 그런데 너에게 말해줄 게 있어. 어젯밤은 정말 놀랍고 심오하면서도, 엄청나게 대단했어. 이 글을 쓰는 지금도, 내 반쪽짜리 심장이 콕콕 쑤시고 살갗이 따끔거리는 기분이야(떨림도 고스란히 다시 느껴져!). 너랑 함께 있을 때, 좀 이상하긴 했지만…… 얼마나 기분 좋게 편안했는지 생각하고 있어. 아주 가깝고 잔잔한 느낌이었지. 동이 트기 전, 몽롱한 상태로 엉켜 있는 몸을 가만히 만지는 기분…… 난 '인티머시'*란 단어를 쓰고 싶어. 물론 전문가들은 '진짜' 관계를 하지 않았으니까 그 단어는 맞지 않다고 지적하겠지. 하지만 확실한 건 너랑 함께 있는 시간이 굉장했다는 거야. 넌 정말 굉장해. 진심이야. 그건 그렇고, 내 심장 반쪽 말이야. 잘 꺼내서 당분간 안전한 곳에 두려고 해. 갖고 싶으면 나중에 알려줘. 나중에, 진짜로 너한테 줄지도 모르니까.

● '인티머시(intimacy)'는 친밀감이란 뜻인 동시에 성행위를 의미하기도 함.

What I really feel...

If you were here now,
I would kiss you.
I would hold your hand and
look at you with wonder.
And then,
if you would let me,
I would kiss you again.
And again.
And again.

내 기분이 어떤지 알아……?
지금 당신이 여기 있다면
확 키스해버릴 거야.
당신 손을 잡고, 끝없이 감탄하면서
뚫어지게 바라볼 거야.
그러고 나서
당신이 내버려두기만 한다면
또 한 번 키스할 거야.
또 한 번.
또 한 번.

If you were here now
we'd get in trouble.
The stewardesses would have to
pull us apart, then send one
to sit up front and the other
in back.

We'd get a scolding at the
airport, an asterisk by our
names for future flights,
then released, promising to never
ever again, salsa dance with
~~our seatbelts unbuckled whenever~~
the seatbelt sign on.

지금 당신이 여기 있다면
우리는 몹시 곤란해질 거야.
승무원들이 우릴 떼어 놓느라 진이 빠지고,
결국 한 사람은 앞쪽에,
또 한 사람은 뒤쪽에 앉혀야 할 테니.
공항에 도착하면,
다음에 비행기를 탈 때는
점잖게 굴라는 훈계를 듣게 될 거야.
끝으로 안전벨트 표시등이 켜져 있을 때는
절대로 살사를 추지 않겠다는
약속을 해야 풀어주겠지.

WES
UN

A.

The filing time shown in the date line on telegrams and day letters is STANDA

L68CC JG INTL

RP OSAKA VIA MACKAYRD

EFM MISS TRINA LEVY

5225 14 AVE BROOKLYNNY

LOVING WISHES FOR CHRISTMAS AND NEW

THOUGHTS AT THIS TIME. ALL MY LOVE.

ERN
ON

AMS
T

1201

SYMBOLS	
DL = Day Letter	
NL = Night Letter	
LC = Deferred Cable	
NLT = Cable Night Letter	
Ship Radiogram	

at point of origin.   Time of receipt is STANDARD TIME at point of destination

YEAR. YOU ARE MORE THAN EVER IN MY

크리스마스 잘 보내고 새해 복 많이 받아요.
그 어느 때보다도 당신 생각이 많이 나요.
사랑합니다.

태디

TADDY

504A DEC

Fr:Jen

Can i just tell you
that my mouth is
missing something

and I wish I...

we're in it!

보낸이: 젠

이상하다. 입안에 뭔가 없는 것 같아. 그게 뭘까?
자기가 이 안에 있으면 좋겠어!

I did not remember the flowers...it will be 468.19.

Yeah, the house is too much to deal with right now. Just not sure how it would fit into this life. How are the divorce papers coming? I have a few things to say to you that I thought might be better said in writing...

The decision you made to end the marriage was, as you know, a terribly difficult one for me. I didn't want it ar never would have chosen it myself. I still believe that there's great value and honor in the commitment I made to go through together whatever comes, and I am changed by the fact that that was not a commitment we shared in the end. It changes my sense of safety and trust in the world-- though I don't think necessarily for th worse. I can accept my powerless over people, places and things better somehow now; I feel less expectatio but it's been hard to let go of the dream that we would be together, working out the problems as they came. There's been a great deal of sorrow and tumult in my life this year as a result of your decision,naturally and only now am I coming back to my "true self" in a consistent way. By that I mean, only now do I wake up every day and feel like myself again.

I know you know that this was a painful event for me. I am sure it was painful for you. I still have times when I just don't get it, but I'm learning to accept that I don't GET to get it all the time when it comes to other people's choices. (You taught me that.) I will grieve for a long time that I won't get to hear you in the other room singing to the pets; that I will never return to "the space" and the love and safety I felt there (although the safety was, think, something I made up out of a need for it from my own childhood); that I won't ever get to make rosemar shortbread for our Solstice or see our child in your arms. These and MANY other things I will regret for a long time.

You gave me so many things, ▪ and I am so very grateful. You taught me to make the effort to be kind; you showed me that it was worth it for the sake of love. You taught me how to check my strong sense of justic (and judgment) against the effects it might have on others. You taught me love is more important than being "right". With you I learned how to fight cleaner, how to talk things out better, and how to make a strong loving family out of nothing. These are priceless gifts that I will carry with me the rest of my life.

One more thing you did for me: you left, and I had to get through it. I have learned this year that my ability to handle what happens to me greatly exceeds my expectations. I thought I would die if you left me; I had this ide that I would crumble, that I'd have to go live with my mom and curl up in bed for months. This is so untrue, an have some amends to make to myself for thinking so little of my strength. I did cry a lot and have some wild times, but I used the loss of you to write the best play of my life so far; I learned about men and made deep lasting friendships; I found support and just got the fuck through it, through something I really thought would destroy me. It really was my greatest fear, that you would leave; that's why I didn't listen well when you kept saying you hated being married or that you wanted out. I couldn't hear it cause I was too scared of it. I'm sorry about that. But once your greatest fear happens, you never have to have it again. You gave me that, that freedom from the fear of being left, and the calm of knowing that other people cannot make the world a safe place for you; I never have to expect that from anyone again, and be hurt and terrified when it doesn't happen.

Don't get me wrong. I do not admire the part of you that cannot deal with the marriage, and that chose to leave me by phone, and that seems to be able to do this with so little affect, etc, etc. I'm not saying that in my book what you did is ok or whatever. I'm not sure at all that I forgive you. But it has given me strength and focus and a sense of myself that I have never had, and I am so grateful for that.

Now, the point of all this: I need you to get this divorce papers shit worked out. I want my name back. I want to be responsible for just my life again. I want ⬛ to be able to be with an unmarried woman. I feel it's your responsibility to take care of this, since this was your choice; I do NOT feel comfortable taking care of divorce proceedings on my own, although I will if you won't get it done. ⬛ and I are considering moving in together in the next few months and I want us to be able to do it with this behind me. I'm not sure what's in the way for you re: getting this done; maybe it's just a pain in the ass to do, maybe there's a part of you that doesn't want to deal with the emotions of fully breaking ties. But it's time to do it if we're going to move on.

I love you, ⬛, and always will, in a way that's specific just to you. I'm sorry our relationship had to evolve in this way, but I also feel like it's right, for whatever reason. I will miss so much about our life together; I feel it was a good life, with so much fun and good conversation and coffee and friends and love. I don't think I'll ever fully understand why you had to go but I am accepting it and I am learning that my capacity to love others is deeper and stronger than I thought...it surprises me to find that it hasn't been damaged, I'm open and still want to give, even if it's not to you. Thank you for all the lovely days of talking and laughing and crying over "I Was Meant For the Stage" in the kitchen in each other's arms. Please take care of this stuff so I can go.

Love

Molly

보낸이: 몰리
받는이: XX
보낸 시간: 2006년 5월 23일 화요일 2:15 PM
제목: Re: 돈과 집 문제

꽃은 생각 못 했어. 아마 468.19달러일 거야.

그래. 집은 지금 당장 처리하기엔 너무 큰 문제지. 이런 상황에서 집 문제를 어떻게 처리해야 좋을지 모르겠어. 이혼 서류는 어떻게 되었어? 당신한테 할 말이 좀 있는데, 메일로 하는 게 나을 것 같아…….

우리 결혼을 끝내기로 한 당신 결정은, 알다시피 내 입장에서 끔찍할 정도로 힘든 일이었어. 나는 원하지 않았고, 나라면 절대로 그런 선택을 하지 않을 테니까. 나는 어떤 일이 닥치든지 당신과 함께 헤쳐 나가려고 헌신적으로 노력했어. 지금도 난 그런 노력을 아주 소중하고 떳떳하게 생각해. 하지만 우리가 그런 헌신을 공유하지 않았다는 사실을 깨닫고 나서는 달라졌어. 세상에 대한 안전한 느낌과 신뢰감도 사라졌지. 물론 꼭 나쁜 쪽으로 달라졌다는 건 아냐. 이제 나는 어떤 자리나 사람, 사물에 대해서 얼마나 무력한지를 받아들일 수 있게 되었어. 기대치도 줄었고. 하지만 함께 궁리하고 결국 해결할 수 있으리란 꿈을 포기하는 게 너무 힘들었어. 당신이 그런 결정을 내린 덕분에, 올 한 해 내 인생은 엄청나게 서글프고 심란했어. 이제야 겨우 일관성 있는 '진정한 자아'로 돌아오는 중이야. 그러니까 내 말은, 이제야 매일 아침 깨어났을 때 다시 내가 된 것 같은 기분이 든다는 뜻이야.

이 일이 나한테 고통스러운 사건이었다는 건 당신도 잘 알 거야. 분명 당신에게도 고통스러운 일이었겠지. 지금도 여전히 그냥 이해되지 않을 때가 있어. 하지만 다른 사람의 선택을 항상 이해할 수는 없단 사실을 받아들이려고 애쓰는 중이야(당신이 그걸 가르쳐주었어). 이제 다시는 당신이 옆방에서 우리의 귀염둥이들에게 노래 불러주는 소리를 들을 수 없겠지. 나는 영원히 '우리 공간'으로 돌아갈 수 없을 테고, 또 거기서 느꼈던 사랑과 안전함을 절대로 되찾지 못할 거야. 그런 것들 때문에 아주 오랫동안 슬플 거야(비록 내가 어린 시절에 간절히 원했던 안전함을 필요에 의해 만들어낸 것이라 해도, 내게 그 느낌은 정말 중요했어). 이제 하지(夏至) 때 로즈마리 쇼트브레드를 만들지 않을 거고, 우리 아이가 당신 품에 안긴 모습을 보지도 못할 테지. 그런 여러 가지 것들이 아주 오랫동안 안타까울 것 같아.

당신은 내게 아주 많은 것을 주었어. **와 나는 정말 고맙게 생각해. 당신은 너그러운 사람이 되도록 노력하는 법을 가르쳐주었고, 그것이 사랑을 위해 가치 있는 일임을 보여주었어. 내 강한 정의감과 판단력이 다른 사람들에게 어떤 영향을 미칠 수 있는지 점검하는 법도 가르쳐주었어. 또 사랑이 '정의'보다 중요하다는 것도 깨닫게 해주었어. 당신과 함께 있으면서 깔끔하게 싸우는 법, 터놓고 이야기하는 법, 서로 사랑하는 끈끈한 가족을 만들어가는 법을 배웠어. 나는 그런 값진 선물을 평생 간직할 거야.

당신이 내게 해준 것이 또 하나 있어. 당신은 떠났고 나는 견뎌야 했지. 올해 나는 내게 일어난 일을 처리하는 능력이 예상했던 것보다 훨씬 더 뛰어나다는 걸 알았어. 사실 난 당신이 떠나면 못 살 줄 알았거든. 모조리 바스러져 가루가 되고, 몇 달 동안 엄마랑 지내면서 침대에만 웅크리고 있을 줄 알았어. 근데 전혀 그렇지 않았어. 나는 내 힘을 과소평가했던 거야. 그동안 엄청 많이 울고 정말 미칠 것 같은 시간이었지만, 그 상실감을 지금까지 내 삶의 극본을 멋지게 다시 쓰는 데 이용했어. 나는 남자에 대해 배웠고 변하지 않는 깊은 우정도 맺었고, 도움의 손길을

몰리는 남편과 8년 결혼 생활 끝에 이혼했다. 둘 다 지금은 만나는 사람이 있으며, 친구로 지내고 있다.

발견했어. 그리고 제기랄, 결국 견뎌냈어. 나를 파괴할 거라고 확신했던 그 일을 말이야. 당신이 떠난다는 건 정말이지 내게 가장 두려운 일이었어. 그래서 나는 당신이 우리 결혼을 증오하고 끝내고 싶다고 거듭 말할 때도 제대로 듣지 않았어. 너무 겁이 나서 도저히 그런 말을 들을 수 없었던 거야. 그 점은 미안하게 생각해. 하지만 가장 두려워하던 일이 일단 일어나면, 다시는 두려워할 필요가 없게 되지. 당신은 내가 버려진다는 공포로부터 자유로울 수 있게 해주었어. 그리고 남들이 나에게 안전한 세상을 만들어줄 수 없다는 걸 알게 해주었어. 이제 나는 그 누구에게도 그런 걸 기대하지 않을 거야. 안전한 기분을 느낄 수 없다고 해서 상처받거나 겁에 질려서도 안 되는 거야.

오해하지는 마. 우리 결혼을 감당할 수 없어서 전화로 이별을 통보한 당신을 존경하는 건 아니니까. 당신은 이런 일을 별 감정 없이 해내는 것 같더라. 난 당신이 한 일이 괜찮다는, 혹은 아무 문제없다는 식의 그런 말을 하려는 게 아냐. 사실 당신을 용서할 수 있을지 모르겠어. 하지만 그 일 덕분에 나는 예전에 없던 힘을 갖게 되었고, 나 자신에게 집중할 수 있게 되었어. 그 점이 고맙다는 거야.

이제 요점을 말할게. 당신이 이 거지같은 이혼 서류를 잘 처리해주면 좋겠어. 난 내 이름을 되찾고 싶고, 다시 내 삶을 책임지고 싶어. 나는 결혼하지 않은 여성으로서 **와 함께 있고 싶어. 이 문제를 처리하는 건 당신 몫이야. 당신이 원한 거니까. 내가 이혼 절차를 처리하는 건 정말 편치 않아. 당신이 제대로 하지 않으면 결국 내가 하게 될 테지만. **와 나는 조만간 함께 살려고 생각하고 있어. 그래서 이 문제를 얼른 털어버리고 싶어. 당신이 무엇 때문에 머뭇거리는지 나는 몰라. 단지 성가신 일이라서 그러는지, 아니면 완전히 연을 끊는 데 따르는 감정을 피하고 싶은 마음이 있는 건지. 하지만 이제 때가 되었어. 그래야 우리는 나아갈 수 있어.

당신을 사랑해. 언제나 그럴 거야. 다른 사람에게는 불가능한 그런 방식으로 당신을 영원히 사랑할 거야. 우리 관계가 결국 이렇게 돼버려서 유감이야. 하지만 이유야 어쨌든 이게 옳은 것 같아. 우리가 함께 살던 때가 많이 그리울 거야. 좋은 삶이었던 것 같아. 아주 재미있었고 알찬 대화도 많이 나누었고 커피와 친구들, 무엇보다 사랑이 있었지. 당신이 왜 떠나야 했는지는 영원히 완전하게 이해하지 못할 거야. 하지만 받아들이고 있고, 내가 다른 사람을 사랑할 수 있는 능력이 생각했던 것보다 더 크고 강하다는 것을 깨닫고 있어. 그런 능력이 다치지 않았다는 사실이 많이 놀랍기도 하고. 나는 열려 있고 여전히 사랑을 주고 싶어. 그 대상이 당신이 아니라 해도 말이야. 부엌에서 둘이 부둥켜안고 'I Was Meant For the Stage'*를 들으면서, 도란도란 이야기를 나누고 울고 웃었던 기억이 나. 그 모든 사랑스러운 날들을 누리게 해줘서 고마워. 이제 진짜 정리할 수 있게 서류 문제를 처리해줘.

몰리

● 'I Was Meant For the Stage'는 The Decemberists의 노래

ROZ— YOU SURE LOOKED
GOOD IN THOSE SWEATS
TODAY. IT LOOKED SO
I COULD NOT CONTROL
MYSELF.

로즈—오늘 체육복을 입은 네 모습이 정말 근사해보였어.
나 자신을 가만 두지 못할 정도였다니까.

크리스와 로즈는 고등학생 연인들이었다. 그런데 두 사람이 대학에 들어간 1984년 노동절 주말에 크리스가 자동차 사고로
죽었다. 로즈는 20년이 넘도록 쪽지를 간직했고, 크리스의 어머니와 가깝게 지내고 있다.

Sent: Thursday, July 14, 2005 12:07 PM

2005년 7월 14일 목요일 12:07 PM

Subject: Are you...

당신……

I'm having terribly naughty

오늘 또 대책 없이 야한 생각을 하고 있어요.

thoughts again today, and I was

wondering if you might want to

hear about them. 당신이 듣고 싶어할지 어떨지 모르겠군요.

Am trying to focus on work, but

일에 집중하려고 노력 중인데,

you know how that goes—I keep

그래 봤자 어떻게 되는지 알죠.

having these delicious new ideas.

나도 모르게 새록새록 군침 도는 생각들로

Oh well, have a pleasant afternoon.

다시 돌아가고 말아요. 아, 그럼, 멋진 오후 보내요.

Dear Beautiful   11/19/02

        Can you believe its been 2 months
since I first set eyes on you. From that
day foward my life has not been
the same.
        Its amazing that every moment
we're together surpasses the last.
I can't wait to see what the future
brings
                                Truly Yours,
                                        Phil D.

Adams SC1158

40

2002년 11월 19일
이쁜이에게

당신을 처음 보고 눈을 떼지 못했던 게 엊그제 같아요.
근데 벌써 두 달이 지났다니, 믿어져요?
그날 이후로 내 인생은 완전히 달라졌어요.
우리가 함께하는 매 순간이 항상 그 직전보다 좋다는 게 놀라워요.
앞으로는 어떤 일이 기다리고 있을지 궁금해 죽겠어요.

당신의 피터

두 사람은 소개팅으로 만났다. 주선자는 여자의 삼촌이었다. 약속 장소는 맨해튼 미드타운의 고급스러운 회사 건물 앞이었다. 두 사람은 어떻게 서로를 알아볼 수 있었을까? "구멍 난 부츠를 신은 남자가 저예요." 남자는 그렇게 말했다. 그리고 그가 있었다. 공사장에서 일하다가 먼지를 뒤집어쓰고 나타난 남자는 정말로 커다란 구멍이 난 낡은 부츠를 신고 있었다. 술한 잔 하려던 게 2차로 이어지고, 토이저러스에서 관람차도 탔다. 그리고 저녁을 먹었다. 남자는 첫 데이트를 하고 나서 딱 두 달이 되었을 때 이 쪽지를 썼다. 그리고 빨간 장미 두 송이와 함께 여자에게 주었다. 두 사람은 2006년 7월 결혼했다.

WANTED
A.S.A.P.

PRETTY GIRL, NICE ASS, BREATH-TAKING EYES, SWEET VOICE, GREAT STYLE, GREAT SMILE, GOOD COOK, SMELLS LIKE SPRING, ETC.

CALL— THIS GUY

공구

예쁜 여성을 만나고
싶습니다.
근사한 엉덩이,
숨 막힐 듯한 눈요물,
달콤한 목소리,
멋진 스타일,
부드러운 미소,
감칠맛 나는 요리 솜씨,
봄날 같은 달은 냄새 등.
해당하는 여성은
전화주세요.

From: Anna
Date: November 16, 2003 8:34:32 PM EST
To: ▌▌▌▌
Subject: Re: so

I had a lot of fun with you, ▌▌▌▌. You are charming,
intense, challenging and you have an excellent cock, but I
just don't have any enthusiasm for engaging with a man who
is in a relationship with another woman. Not to mention, a
man who is willing to cheat on his woman. It was super for
one
night, but not for anything more than that. I am not
playing hard to get. I am simply being real and truthful.
That is why I resisted passing my phone number to you.

I am just starting match.com with the hopes of meeting a
person who is 100% available and interested in a juicy long
lasting kind of relationship. The kind that comes with hot
sex, true friendship, deep trust, honest commitment and
eventually a few kids. At 34, this is where I am in my
life. I have a lot to give a man, and I am not about to
waste my time on dead-end situations.

The evening ended abruptly. No time to talk. If there is
anything you want to share, please do send me a note. I am
open to listening to your thoughts.

Kindly,
anna

보낸이: 안나
받는이: XX
보낸 시간: 2003년 11월 16일 8:34:32 PM EST
제목: Re: 어쨌든

아주 즐거웠어요. 당신은 매력적이고 강렬하고 도전의식을 자극하는 남자예요. 거시기도 훌륭하더군요. 하지만 다른 여자랑 관계를 맺고 있는 남자와 엮일 마음은 추호도 없어요. 하물며 자기 여자를 두고 바람을 피우는 남자는 절대 사절이에요. 하룻밤 상대로는 끝내줬어요. 하지만 더 이상은 아니에요. 일부러 팅기는 거 아니에요. 그냥 진심을 말하는 거예요. 그래서 당신에게 전화번호를 알려주지 않았답니다.

나는 지속적으로 알콩달콩한 관계를 맺는 데 관심이 있는, 100% 싱글을 만나고 싶어서 match.com에 가입했어요. 뜨거운 섹스, 진정한 우정, 깊은 신뢰, 정직한 헌신, 결국에는 귀여운 아이들로 결실을 맺는 그런 관계 말이에요. 내 나이 이제 서른넷이에요. 나는 남자에게 줄 것이 아주 많은 사람이에요. 막다른 상황에 스스로를 몰아넣고 시간을 낭비할 생각이 없어요.

그날 저녁은 갑작스럽게 끝나버렸죠. 이야기 나눌 시간도 없었고요. 나한테 할 말이 있으면, 쪽지를 보내요. 당신 생각은 기꺼이 들어줄게요.

안나

January 8, 1999

Doe,

Happy Hanukkah, Merry Christmas, Happy New Year and Happy Birthday! How compact. I can't believe how time forges on. It's like a clock with an hour removed each time the hands go around. But you're always there, right on time. Thanks for another year of advice, chat, adventure, high drama and even the occasional hedonistic episode. Functional, dysfunctional, maybe symbiotic? Who cares. I relish our relationship for what it is. Here's to a lifetime of it!

Love,
Andrew

1999년 1월 8일

꽃사슴에게

해피 하누카!• 메리 크리스마스! 새해 복 많이 받고 생일 축하해!
어쩜 너무 한방에 끝내버리는 거 같네? 시간이 이렇게 흘러가는 걸 보면 정말 믿을 수가
없어. 시계바늘이 한 바퀴 돌 때마다 한 시간씩 어디로 사라지는 것 같아. 하지만 당신은
늘 정확한 시간에 그 자리에 있지. 지난 1년 동안 수많은 조언과 수다와 모험과 울고불고
했던 드라마와 때때로 몹시 쾌락적이었던 에피소드를 겪게 해줘서 고마워.
오순도순, 티격태격…… 일종의 공생하는 관계라고 할 수 있을까? 무슨 상관이람.
뭐가 됐든 난 우리 관계가 만족스러워. 평생 쭉 이렇게 지내면 좋겠다!

앤드류

● 11월 말이나 12월에 8일간 진행되는 유대교 축제

Yes, I'm that girl. The one who waits for the Hallmark holiday to tell the guy she's crazy about the things she wants to tell him every day, but can't get him to stay awake long enough to tell him. Never in a million years would I have thought that the painfully resonating "you" on the other end of the line would belong to the person who I now can't imagine being without. Without you, I'd have no one to beat in dominoes, no one to show me the true importance of following a recipe, no one to make me laugh, make me giddy and make me fat. No one to challenge what I say, question what I believe and encourage me to stand up for myself. You mean so much to me... I'm insanely crazy about you, well except when you use that forbidden phrase – Then I'm only a little crazy about you. I got butterflies the first time you kissed me, and they haven't gone away. I hope they never do. Love Teresa

네네, 내가 그 여자예요. 마음을 빼앗긴 남자에게 매일매일
하고 싶은 말을 하려고 휴가를 기다리는 여자요. 그런데 이 여자가
하고 싶은 말을 다 할 동안 남자를 깨어 있게 만들 방법이 없네요.
누군가와 전화를 못 하면 죽을 것 같은 날이 올 줄은 꿈에도 몰랐어요.
당신이 없으면 나는 도미노 게임에서 이길 사람이 없어요.
레시피를 따르는 것이 얼마나 중요한지 가르쳐줄 사람도 없어요.
나를 웃게 하고 아찔하게 하고 살찌게 만들 사람도 없어요.
내 말에 도전하고 내 믿음에 질문을 던지고, 내가 나 자신을 지지하도록
용기를 북돋워줄 사람도 없어요. 당신은 내게 정말 많은 것을 의미해요.
나는 완전히 정신 못 차리고 당신에게 미쳐 있어요. 음, 당신이 그 금지된
말을 할 때만 빼고요. 아무튼 나는 당신에게 미쳐 있어요.
당신이랑 첫 키스를 할 때 엄청 긴장됐는데, 아직도 그래요.
영원히 그랬으면 좋겠어요.

　사랑해요. 테레사.

LIAR

(WRITTEN 193 TIMES) 거짓말쟁이(193번 씀)

LIAR - LIAR - LIAR - LIAR - LIAR

AR - LIAR - LIAR - LIAR ~ LIAR

AR - LIAR - LIAR ~ LIAR ~ LIAR

~ liar - liar - liar - liar

~ liar - liar - liar - liar

~ liar - liar - liar - liar

~ liar - liar - liar - liar

~ liar - liar - liar - liar

~ liar - liar - liar - liar

~ liar - liar - liar - liar

liar - liar - liar - liar - liar -
liar - liar - liar - liar - liar -
liar - liar - liar - liar - liar -
liar - liar - liar - liar - liar -
liar - liar - liar - liar - liar -
liar - liar - liar - liar - liar -
liar - liar - liar - liar - liar -
liar - liar - liar - liar - liar -
liar - liar - liar - liar - liar -
liar - liar - liar - liar - liar -
liar - liar - liar - liar - liar -
LIAR - liar - liar - liar - liar -
liar - liar - liar - liar - liar -

This is a love letter.

I wrote it in my head a couple of nights ago. I was kicking around downtown, not wanting (another) drink and yet not ready to hop the F train. I walked myself along the slick sidewalks of Elizabeth, Mott, and Mulberry for a while, thinking, thinking, thinking, looking in the windows, and thinking.

The last 18 months have been incredibly hard for me. And they've been incredibly important. I have unpeeled my past and examined my motivations and looked at myself in ways that I couldn't have imagined doing two years ago. I know this sounds like cornball woo-woo hoo-hah, but I really, really can feel the growth—it's like looking at those pencil marks Dad used to make on the back of the bathroom door.

As I continue to look at who I am and who I want to be, my sense of what kind of person I want to spend my life with becomes ever more clear.

This is the part of the letter where you come in.

███, I love our spark, I love our banter, I love "22" and "R." I love that mangoes make you smile and that you knew (sort of) who Johnny Gharbini was. I love the way you look in your friendship shoes. But that's the easy stuff. I also love whatever it is about you that let's me be me—or, more to the point, whatever it is about you that helps me be a better me. I love your sensitivity and insights, your challenge and your passion. I love that you criticize me and make me look hard at myself. I love your brain. I love that you've actually tried one of Beyonce's moves. I love that you accept so little at face value and always look for more. I love that you can say you're sorry and mean it. I love that you bought me my favorite tie. I love that you ask not only for what you need but also for what you want. I love the J on your sweater and the twinkle in your eye. I love that you can make me smile *and* make me cry. I love that you're thinking about the role of jealousy in our relationship. I love that unnamed thing in you that allows me to be vulnerable in front of you. I love knowing that, if I wanted to, I could continue this list for at least seven pages. I love the fact that I don't know whether or not you'll give me shit for being such a sap.

I want to end this note with something I didn't share with you. Something about last Friday. Allow me to set the scene. Remember that delicious afternoon nap? Remember how much we needed sleep, and how even though the curtains were drawn, the room was still pulling in all that grey light? Remember how I woke you up? If you could have seen me during the 15 minutes before your wake-up call, you would have seen a man watching a woman sleep. You would have seen tenderness in his eyes. You would have seen a smile on his lips. And if you had looked super-mooper hard, you just might have seen the love growing in his heart.

이건 연애편지예요.

이 글은 며칠 전에 머릿속으로 다 썼어요. 시내를 배회하던 중이었죠. 술은 더 마시고 싶지 않았지만, D 트레인을 탈 마음도 아니었어요. 그래서 한동안 엘리자베스, 모트, 멀베리 거리를 걸었어요. 그러면서 생각하고, 생각하고, 또 생각하고…… 쇼윈도를 들여다보면서 계속 생각했어요.

지난 1년 반은 내게 믿을 수 없을 만큼 힘든 시간이었어요. 엄청나게 중요하기도 했고요. 나는 2년 전이라면 상상도 할 수 없었을 방식으로 과거를 끄집어내고 동기를 짚어보고 나 자신을 들여다봤어요. 이런 말이 감상적이고 진부하게 들린다는 거 알아요. 하지만 나는 정말로, 정말로 성장한 걸 느낄 수 있어요. 어릴 적 아버지가 화장실 문 뒤에 표시해주셨던 연필 자국을 볼 때처럼 말이에요.

내가 누구이고 어떤 사람이 되고 싶은지 계속 생각해봤더니, 어떤 사람으로 인생을 살아가고 싶은지 좀 더 분명해졌어요.

이제부터 당신이 등장합니다.

나는 우리 사이에 불꽃이 튀어서 좋고 다정한 농담을 나누는 게 좋고 '22'와 'R'이 좋아요. 당신이 체리를 보면 웃는 게 좋고 조니 가비니를 알아서 좋고 하이힐을 신었을 때 예뻐 보여서 좋아요. 그러나 이런 건 쉬운 것들이에요. 당신은 내가 나로 있게 해주어서 좋아요. 아니 좀 더 정확히 말하자면, 더 나은 내가 될 수 있게 해주어서 좋아요. 나는 당신의 감수성과 통찰력과 도전과 열정이 좋아요. 나를 따끔하게 비판하는 것이 좋고 내가 나를 엄격히 볼 수 있게 도와줘서 좋아요. 나는 당신의 영특한 머리가 좋아요. 당신이 비욘세 춤을 따라하려고 했던 것도 좋아요. 당신이 곁에 보이는 가치를 쉽게 받아들이지 않고 언제나 더 많은 것을 추구하는 사람이라서 좋아요. 당신이 미안하다고 말할 수 있고 진심으로 그렇게 말할 사람이라서 좋아요. 내 마음에 쏙 드는 넥타이를 사준 것도 좋아요. 당신에게 필요한 것은 물론이고, 당신이 원하는 것을 요구할 줄 알아서 좋아요. 나는 당신의 스웨터와 반짝이는 눈망울이 좋아요. 당신이 나를 웃게 만들고 울게 만들 수 있어서 좋아요. 당신이 우리 관계에서 질투의 역할에 대해 생각하는 게 좋아요. 당신은 내가 당신 앞에서 약해질 수밖에 없는 뭔가를 갖고 있어서 좋아요. 내가 맘만 먹으면 이 리스트를 일곱 장 이상 계속 쓸 수 있어서 좋아요. 내가 이런 멍청한 짓을 하고 있는 걸 당신이 어떻게 생각할지 모른다는 게 좋아요.

마지막으로 당신에게 한 번도 하지 않았던 이야기를 하고 싶어요. 지난 금요일에 있었던 일이에요. 그때의 장면을 떠올리게 해줄게요. 그날 오후 달콤했던 낮잠을 기억해요? 우리 둘 다 잠이 쏟아졌던 것, 커튼이 드리워져 있었지만 방 한가득 회색빛이 포근하게 머물러 있던 것 기억해요? 내가 당신을 어떻게 깨웠는지 기억해요? 당신을 깨우기 전에 15분 동안 당신이 자는 모습을 바라보았어요. 그런 나를 누가 봤더라면, 말랑말랑해진 눈빛을 알아차렸을 거예요. 입술에 떠오른 미소도 알아차렸겠죠. 그리고 정말, 정말 열심히 보았다면 내 가슴에 사랑이 꿈틀거리는 것도 눈치 챘을지 몰라요.

뉴욕은 자길 사랑해!
그리고 보고 싶대!
자기가 여기 있으면 좋겠대!
앗, 잠깐만. 실은 내 얘기야!
열쇠 보낼게.
사랑해.

will yoo be my wife?

내 아내가 되어줄래?

남자의 여자친구는 항상 사진을 찍었다. 그녀는 두 사람의 특별한 순간을 폴라로이드 카메라로 포착했다. 두 사람이 처음으로 함께 보낸 어느 해의 마지막 날, 손을 맞잡고 덤블링을 타던 것, 별똥별을 바라보던 밤 등이 모두 사진 속에 담겼다. 그래서 남자는 프러포즈의 순간도 당연히 포착해야 한다고 생각했다. 2005년 11월 5일, 남자는 여자친구에게 테이블 서랍 안에 깜짝 놀랄 게 있으니 찾아보라고 말했다. 여자가 서랍을 뒤적거리는 동안, 남자는 무릎을 꿇었다. 여자가 마침내 이 폴라로이드 사진을 찾아내자, 남자는 반지를 내밀고 결혼해달라고 말했다. 그녀는 기꺼이 승낙했다.

Sent: Saturday, October 08, 2005 2:46 AM
Subject: Re: You

Hi

I hope my invitation to go on a date after all this time didn't
spook you. I liked you the first night we hung out together and
you pawed around for my potbelly. The more I've learned over the
past year, the more I like. Just incase my train careens off the
rails on my way to Philly tomorrow,
I would like to share a few turns of my heart that I was too shy
to offer in the car.

I love that you are loyal and devoted to your family, friends and
little bat-like dogs. Your sculpture is Dali meets Tiffany,
delicate and strangely beautiful. Your voice, the pace, resonates
with a deep quiet place inside me. I like
talking on the phone with you late at night, even if it is about
stain and grout.

You are super handsome and I remember liking kissing you.
You read books.
You are sensitive.
I suspect you are a great dad.
You are tender.
You build things.
You make me laugh a lot.
You have a big, bright generous heart and a trailer home!

It's okay if you are not interested or available. I wanted to
whisper my secrets to you anyway. Whatever happens, I hope we are
friends when I have a squeaky walker and you have bamboo cane
(that doubles as a magic wand).

Thank you for the proper ride home.

Sweet Dreams.

Pipe Smoke

보낸 시간: 2005년 10월 8일 토요일 2:46 AM
제목: Re: 당신

안녕

일이 다 끝나면 데이트를 하자는 제안 때문에 당황하지 않았으면 좋겠어요. 우리가 함께한 첫날,
내 올챙이배에 당신 손이 스쳤던 그날 밤부터 좋아하는 마음이 생겼어요. 그리고 작년 한 해 동안 당신을
깊이 알게 되면서 점점 더 좋아졌어요. 내일 내가 탈 필라델피아행 기차가 혹시 탈선할지 모르니까,
차 안에선 쑥스러워서 말하지 못한 심경의 변화를 몇 가지 털어 놓을게요.

나는 당신이 가족과 친구들, 그리고 박쥐 같은 작은 개들에게 충실하고 헌신적인 게 좋아요.
당신의 조각 작품은 달리와 티파니를 합쳐 놓은 것처럼 섬세하고 묘하게 아름다워요. 알맞은 속도로 말하는
당신 목소리는 내 마음속의 깊고 조용한 곳에서 울려 퍼진답니다. 밤 늦도록 당신과 통화하는 게 좋아요.
더러운 얼룩과 타일에 바르는 회반죽 이야기라도 상관없어요.

당신은 엄청나게 잘생겼고 키스도 잘했던 기억이 나요.
당신은 책을 많이 읽어요.
당신은 감수성이 풍부해요.
당신은 좋은 아빠가 될 거라고 생각해요.
당신은 부드러워요.
당신은 뭔가를 만드는 사람이에요.
당신은 나를 많이 웃게 해요.
당신은 크고 밝고 푸근한 마음을 갖고 있고 트레일러도 있어요!

당신이 관심 없거나 다른 사람을 만날 상황이 아니라도 괜찮아요. 그냥 내 비밀을 속삭여주고 싶었을
뿐이에요. 일이 어떻게 되든지, 내가 삐걱거리는 보행 보조기를 사용하고 당신이 (두 배로 커지는) 대나무
마술 지팡이에 의지해야 될 때가 돼도 우리가 친구로 지낼 수 있으면 좋겠어요.

얌전히 집에 태워다준 것 고마워요.

좋은 꿈 꿔요.

파이프 스모크

Date: Tue, 11 Oct 2005 00:46:15 -0400
Subject: Re: reality

That was the most loving rejection ever, Randy, thank you for being gentle. I am glad I asked and I am grateful for your clarity. All the cobwebs of wishing and wondering were blown away by this gust of reality. I do truly believe that I will be recognized by the person I am intended for, and if you don't recognize me, then it is certainly not meant to be. (I like to think that I won't have to resort to any "arm twisting" on my journey to find my true love.)

I hope that your friend in California works out for you, if that is what you want. I value your friendship and would like to continue. If my crush rears her head again, I hope you understand that I may have to disappear, but for now I feel comfortable and at ease with the idea of staying in touch. I do still want to take you to dinner (raw, of course) to say thank you for all of your help with my renovations, but maybe we better wait until I am actually living in my apartment before we start munching carrots sticks in celebration. In the meantime, when "California" visits, assuming she is "raw", I suggest you take her to Pure Food and Wine on Irving. I think you will enjoy it.

Warmly,

Peace Pipe

정말이지 거절도 사랑스럽게 하네요, 랜디. 배려해줘서 고마워요. 나는 당신에게 물어본 것에 만족하고, 그에 분명하게 대답해줘서 고마워요. 현실의 강풍이 몰아닥친 덕분에, 희망과 궁금증으로 얽히고설켜 있던 거미줄이 완전히 걷혔어요. 언젠가는 내가 찍은 사람이 나를 알아봐줄 거라고 진심으로 믿어요. 당신이 나를 알아보지 못했다면, 확실히 인연이 아닌 거죠(진실한 사랑을 찾는 여행에서 상대방에게 '부담'을 주고 싶지는 않아요).

캘리포니아에 있는 친구가 당신을 위해 하는 일이 잘 풀리면 좋겠어요. 당신이 진정 원하는 일이라면 말이에요. 나는 당신의 우정을 존중하고 꾸준히 지속되길 바라요. 내가 당신한테 반한 것 때문에 또 다시 그녀의 골치가 아파진다면, 내가 사라져야 할지도 모르겠네요. 그렇더라도 이해해줘요. 하지만 지금으로선 당신과 연락하며 지내는 게 마음 편하고 좋아요. 리노베이션 공사를 도와준 것에 대한 감사로 저녁식사에 초대하고 싶은 마음은 변함없어요. 하지만 기껏 초대해놓고 당근 조각밖에 대접하지 못할 바엔, 새 집에서 완전히 자리를 잡을 때까지 기다리는 게 좋을지도 모르겠어요. 그 사이에 캘리포니아 친구가 오면 어빙에 있는 퓨어 푸드 앤드 와인(Pure Food and Wine)에 데려가 보세요(물론 그 친구가 안 가봤다고 하면요). 아마 좋아할 거예요.

따뜻한 마음을 전하며

피스 파이프

THERE'S A WARM, FUZZY FEELING YOU GET WHEN EVERYTHING GOES JUST THE WAY IT SHOULD.

And that's the way I feel every time I look into your eyes or hold you in my arms.

If you want to know more about

how I feel about you, picture this:

It's 3:53 a.m.

and we're awake, a

IT'LL TURN YOU ON,

or maybe n

And that's what I love about you, about us - I love how complete our relationship is + how complete you make me feel. Its unlike anything I've ever experienced. . .

to be continued. . .

모든 일이 되어야 하는 대로 술술 풀리면
따뜻하고 포근한 기분이 들잖아.

난 당신 눈을 들여다보거나 당신을 품에 안을 때마다
그런 기분을 느껴.

내가
또 어떤 기분을 느끼는지
알고 싶다면,
한 번 상상해봐.

지금은 **새벽 3시 53분**이야. 그리고 우리는 깨어 있지.

당신은 갑자기 흥분할 거야.
그럼 난······

내가 당신에 대해, 우리에 대해 정말 좋아하는 건 말이지, 우리 관계가 완전하게 느껴진다는 거야.
난 당신 덕분에 정말 완전한 기분을 느껴. 내 평생 이런 경험은 처음이야.

계속······

... because you'll

try anything once

무엇이든 시도하게 될 테니까……

mi flor,   today
나의 꽃에게.

together growing 함께 자라고

growing together 조금씩 가까워지면서

heartsmiles spreading 마음에서
우러난 미소는
널리 퍼지고

truth neverending 진실은 영원히 계속되고

love always beginning
사랑은 항상
다시 시작되고

in the joy of we

welcome the 끝없는 발견의
기쁨과

discovery boundless

and wowful 달콤한 감동을
누리면서

sweetness and

powerful. 힘차게 살아가기로 해요.

i love you. 사랑합니다.

이 커플은 '사랑의 기적'이라는 주말 워크숍에서 친밀감 연습 시간에 만났다. 남자는 사귀던 사람과 막 헤어진 상태였고, 새로운 사람을 만나기보다 무엇이 잘못되었는지를 이해하려고 애쓰는 중이었다. 그러나 그녀가 있었다. 그들은 2년 동안 함께했고, 최근에는 캘리포니아 조슈아 트리 국립공원에서 언약식을 했다.

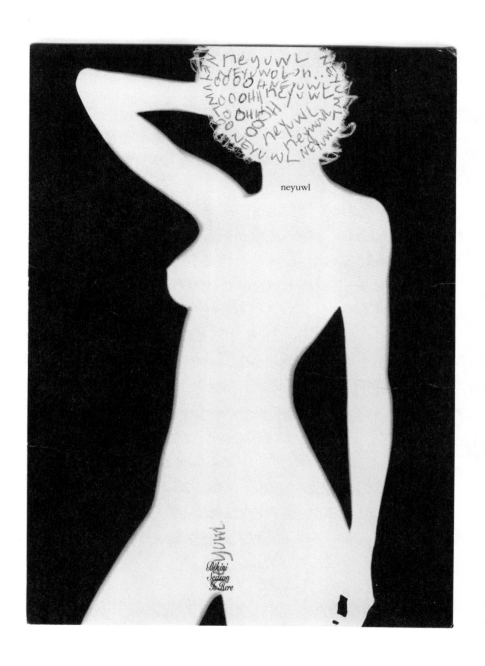

이 커플은 헤어졌다가 다시 사귀어보려고 몇 달 동안 노력하는 중이었다. 카드를 쓴 사람은 저녁에 혼자 보라고 침대에 카드를 올려놓았다. 두 사람은 다시 사귀기로 한 후 2년 반 동안 함께 있었다(neyuwl이란 단어는 아주 최근까지 두 사람의 은밀한 농담 중 하나였다고 한다).

To My Darling Husband—

Who would believe that almost four decades have passed and my love for you is still the focus of each and every day of our lives.

Many years ago you told me that you would always be my best friend. At the time I thought that statement was cute but somewhat meaningless — How wrong I was! Throughout all these years you have been not only to be my best friend, but my champion, my lover, my advisor, my buddy, my cheering squad and my support for all the myriad of incredible situations that constantly occur.

I cherish all the moments we share and hope that the next decade of years is kind to us so that we can celebrate our lives together and reap the goodness we constantly seek.

Know always that I love you and feel complete as your partner in life.

사랑하는 남편에게

40년을 같이 살고도 당신에 대한 사랑이 여전히 내 삶의 중심이라는 것을 누가 믿을 수 있을까요?

오래 전 당신은 언제나 가장 좋은 친구가 되어주겠다고 말했어요. 그때는 그 말이 귀엽게 느껴지긴 했지만, 어쩐지 무의미하다고 생각했지요. 내가 얼마나 잘못 생각했는지! 오랜 세월 동안 당신은 가장 좋은 친구였을 뿐 아니라 나의 챔피언, 연인, 조언자, 단짝, 응원군이었어요. 또 끊임없이 들이닥치는 수많은 상황을 감당할 수 있게 해준 든든한 버팀목이기도 했지요.

우리가 함께하는 모든 순간이 소중해요. 앞으로 남은 세월이 우리 두 사람에게 너그러우면 좋을 텐데. 그래서 우리가 살아온 인생을 함께 기념하고, 항상 원했던 선한 결실을 맺을 수 있으면 좋겠어요.

언제나 당신을 사랑할 거예요. 나는 당신 인생의 파트너라는 사실을 생각할 때마다 완전한 기분을 느껴요.

From: Maria
Date: Mon, 10 Oct 2005 14:44:38 −0400
To: David
Subject: Re: Commincia La Commedia

Hi, David:

I hate to do this, but I'm afraid I have to renege on Wednesday night. I searched my conscience and decided it might not be the best idea to meet up with you. I totally enjoyed your company the other night—you're smart, sweet, all those wonderful things--and have no doubt that I would have lots of fun with you, but I don't think the chemistry thing is there for me. If only one could ordain these things.

I'm sorry (really), because I know I'm the one who will be missing out.

All best,
Maria

보낸이: 마리아
받는이: 데이비드
보낸 시간: 2005년 10월 10일 월요일 14:44:38 −0400
제목: Re: 코미디의 시작

안녕, 데이비드.

나도 이러고 싶지 않지만, 수요일 밤 약속은 못 지킬 것 같아요. 양심적으로 열심히 생각해봤는데, 당신을 만나는 게 좋은 생각이 아니라는 결론을 내렸어요. 지난번에는 정말로 즐거운 시간을 보냈어요. 당신은 똑똑하고 다정하고, 정말 근사한 점투성이죠. 당신하고 있으면 아주 재밌게 지낼 수 있다는 건 확실해요. 하지만 내게는 그 이상으로 뭔가 딱 끌리는 게 없어요. 오직 한 사람만이 그게 무엇인지 알려줄 수 있겠죠. 정말 유감이에요. 내가 굴러들어온 복을 찼다는 걸 알고 있거든요.

마리아

11 June 69

My E,

On the occasion of my
being made aware of the birth of our
first born, a son, the biggest
feeling within me was one of
elation. But even more than
that is the feeling of thanking
God for you. You who make
up my whole life, love, and
reason to be. Just think,
Ellen, we have a son.
I love you so much.
I'm so lucky to have you

for my wife! I love our baby so much. I hope your mother isn't too disappointed that it wasn't Sara Beth, maybe next time! You'll have to forgive me but I've been down the O-club for awhile and I'm a bit tipsy but I don't care because I'm filled with so much for you I could bust. I wish I was with you now. I'm so proud! I passed out cigars and got handshakes and congratulations. Ellen I love you. I'll write again as soon as I get back on the wagon. Oh how I love you MyE. and my son Jack

1969년 6월 11일
나의 E에게

　우리의 첫 아이, 우리 아들이 태어났다는 걸 알았을 때 내가 느낀 가장
큰 감정은 일종의 우쭐함이었어요. 하지만 실은 그보다 당신을 주신
하나님께 감사하는 마음이 훨씬 더 컸어요. 당신은 내 인생과 사랑의
전부이고 살아가는 이유니까요. 한번 생각해봐요, 엘렌. 우리에게
아들이 생겼어요! 당신을 정말 많이 사랑해요. 당신을 아내로 둔 나는
억세게 운 좋은 놈이에요! 우리 아가를 정말 사랑해요. 장모님께서 딸이
아니라고 많이 실망하지 않으셨으면 좋겠어요. 뭐, 다음이 있잖아요!
당신에게 용서를 빌 일이 있어요. 술집에 좀 있었거든요. 지금 약간
알딸딸하지만 상관없어요. 난 당신 때문에 마음이 꽉 차서 금방 터져버릴
것 같으니까요. 지금 당신 옆에 있으면 얼마나 좋을까. 당신이 엄청
자랑스러워요! 사람들에게 담배를 돌리고, 악수와 축하를 받았어요.
엘렌, 당신을 사랑해요. 술 깨면 바로 또 쓸게요. 아, 당신을 얼마나
사랑하는지 몰라요. 나의 엘렌, 그리고 우리 아들.

엘렌은 대학가 술집에서 잭을 발견했다. 그는 3학년이었고 아주 귀여웠다. 두 사람은 사랑에 빠졌다. 여자는
할렘에서 교사로 일했고 남자는 해군 중위가 되었다. 두 사람은 1968년 2월에 결혼해서 버지니아 콴티코 기
지에서 신혼생활을 시작했다. 1969년 3월 잭이 베트남으로 파견되었을 때, 엘렌은 임신 후반기에 이른 상태
였다. 부부는 편지와 오디오 테이프를 자주 교환했다. 한번은 전화 통화를 하기도 했다. 6월 6일, 두 사람의
아들이 태어났다. 잭은 곧 베트남에서 돌아올 예정이었다. 6월 30일, 잭은 아들을 만나기 불과 며칠 전에 베
트남에서 전사했다. 엘렌은 남편의 편지를 모두 보관했고, 30년 후 두 사람의 아들 존 흄은 편지들을 단서
삼아 전쟁 당시 아버지가 이동한 경로를 뒤쫓았다. 결국 존과 엘렌은 잭이 베트남에서 목숨을 잃은 지점을
찾아냈다. 존은 이 경험을 바탕으로 〈이름 없는 군인〉이라는 다큐멘터리 영화를 만들었다.

ARE YOU SAD?

You should
know...

that still my life
is consumed
by you...

슬프다고?

네가 알아야 할 게 있어.

내 인생은 네가 다 말아먹었다는 거……

Dear Max,

I just heard from my lawyer that you and Phyllis are pressing ahead, suing me for support. I would like you to know why I think this action is unreasonable.

1. I make $60,000 a year. I have been living in two very expensive cities since we separated—LA and Santa Barbara. While I have been able to support myself on my salary in these two locations, I do not have excess money to support you.

2. We agreed many months ago that neither of us would seek support—of any type--from the other. I have emails that show it. I thought you would stick to this agreement.

3. You are an able bodied, smart, talented person. You may not be able to get a management position in this economy, but you could certainly find some kind of work that would pay you as much per month as you are suing me for.

4. To the extent that I do have any disposable income, whatsoever, I have other commitments that make considerably more sense than supporting an able-bodied adult like yourself. For example, I am taking Jesse on her east coast college trip in March. This will not be inexpensive, but because her mother has no money to spend on a trip like this, I have volunteered to pay this expense.

5. I have already supported you in many ways over the past several years while you were unemployed. I paid many thousands of dollars in taxes. I put money into the house. I paid you $4000 in December. I paid for some medical bills. I enabled you to have health insurance, for free for six months after our separation.

6. My credit rating, like yours, is shot. I have suffered from this house debacle like you have.

7. I believe that you would not be in this dire financial shape if you had made an earlier decision around the house, if you had tried to get other work besides high-paying management positions long ago (as I encouraged you to do while we were still married, and to which you very emotionally responded, saying that I didn't believe in you if I encouraged you to do such a thing).

I do not understand what you are doing. I would like you to stop causing both of us more financial harm (lawyers' fees, etc). This is vindictive and ugly.

맥스에게

당신하고 필리스가 계속 밀어붙일 거라는 이야기를 방금 변호사한테 들었어.
나를 고소해서 생활비를 받아낼 속셈이란 말이지. 내가 왜 이 소송이 터무니없다고
생각하는지 말할 테니, 잘 들어.

1. 난 1년에 6만 달러를 벌어. 우리가 헤어진 뒤로 겁나게 물가가 높은 LA와 산타바바라를
오가며 살고 있지. 내 연봉으로 두 도시에서 먹고 살려면 나 혼자도 버거워.
당신에게 줄 남는 돈 따윈 없어.
2. 오래 전에 우린 서로에게 지원을 요청하지 않기로 동의했어. 어떤 종류의 지원이든 말이야.
그 내용을 증명할 이메일도 여러 통 있어. 난 당신이 약속을 지킬 거라고 생각했어.
3. 당신은 신체 건강하고 똑똑하고 재능 있는 사람이야. 요즘 같은 경제 상황에서 경영자로
들어갈 회사를 찾기는 어려울지 모르지만, 내게 요구하는 만큼의 돈을 벌 만한 일은 틀림없이
찾을 수 있어.
4. 설사 나한테 돈이 남아 딴 데 쓸 수 있는 여유가 있다 해도, 당신 같은 사지 멀쩡한 어른을
부양하는 것보다 훨씬 더 납득할 만한 용도가 많아. 예를 들면, 3월에는 제시를 동부로 보내서
여러 대학을 구경시킬 거야. 물론 그러자면 한두 푼 갖고는 안 되지. 하지만 그 애 엄마는 그런
여행을 보낼 돈이 없으니까 내가 자진해서 비용을 대겠다고 했어.
5. 나는 당신이 일을 하지 않는 지난 몇 년간 여러 가지 방식으로 당신을 지원했어. 수천 달러의
세금을 냈고, 집에도 돈을 썼어. 12월에는 4천 달러나 줬잖아. 게다가 병원비도 부담했지.
우리가 헤어진 후 6개월 동안이나 공짜로 건강보험 혜택을 받게 해줬어.
6. 당신과 마찬가지로 내 신용등급도 큰 타격을 입었어. 난감한 집 문제 때문에 당신 못지않게
나도 힘들었다고.
7. 당신이 집에 대한 결정을 좀 더 일찍 내렸더라면, 연봉 높은 경영자 자리 말고 진작에 다른
일을 구하려고 노력했더라면, 그렇게까지 형편이 처참해지지 않았을 거야(같이 살 때 내가
그렇게 얘기했는데도 당신은 내 말에 아주 예민하게 반응하면서, 당신을 믿지 못하니까 그런
일을 하라는 거라고 난리를 쳤지).

난 당신이 하려는 일을 이해하지 못하겠어. 변호사 수임료를 비롯해서 우리 둘 다 경제적으로
엄청난 손해를 볼 거야. 그러니 당장 그만둬. 치졸한 보복일 뿐이잖아.

Still

그럼에도 불구하고

Still

그럼에도 불구하고

Still

그럼에도 불구하고

I really missed you.

당신이 그리웠어요.

Still

그럼에도 불구하고

Still

그럼에도 불구하고

I'm surprised and spinning. I don't know what I want to know ~~~~

너무 놀라서 머리가
핑핑 도는 것 같아요.
지금 내가 무슨 말을 하고
싶은지 모르겠어요.
하지만 이 포스트잇을
꼭 주고 싶었어요.

당신과 함께한 모든 시간이 그랬듯, 우리의 마지막 밤도
행복했어요.

I loved lat night as much

a post-it.

그럼에도 불구하고
Still

그럼에도 불구하고
Still

On your mind?
That's only
One place I'd
rather be.

당신 마음속에……
내가 있었으면 하는 유일한 자리가 있어요.

그럼에도 불구하고
Still

I've spent with
you.

그럼에도 불구하고
Still

아침에 당신 곁에서 잠을 깨고 싶어요.
I want 4 wake up
next to in

There once was this girl who was very, very good. She was blonde and pretty and got hit on relentlessly from the time she was 13 years old, but she, for various reasons, didn't lose her virginity until she was 24. She slept with only one more man after that, and then she moved to NYC, and met HER man. She stayed with him for 10 years, and thought they would always be together. She never cheated, strayed, looked elsewhere, even though the man, in the last few years of their relationship, gave her ample reason to do so because he really didn't seem interested in sex. She took it as a sign of being in such a long term relationship, and while it bothered her extremely, she wasn't going to give up a good, solid man and be cast out into the wilds of singledom in the city just for a little more sex.

But gradually, she began to lose sexual interest in her man as well, and soon she was 35 (a woman's sexual peak, remember) and looking at a long, dry, sexless road ahead of her, even as she finally agreed to marry him.

But one day the man told her an awful secret. He thought he might be gay. And, in fact, he had been messing around with men for two years. The girl was devastated.

But it was like this beast got unleashed. Her sexuality, so long primed and fertile, was finally able to come out into the sun [bad, bad analogy, but whatever....]. On only the third night after her breakup, she met some guy in a bar, got drunk, and made out with him. But she felt nothing. It was like kissing wood.

However, she ran into this man again a couple of nights later. This time, she wasn't so drunk, and she could see how sexy he was, and her long-buried sexuality stirred. There was nothing to recommend this man except a tight body, feral blue-green eyes, and a way with words. Perfect. She wouldn't get attached.

She started up a sexual relationship with this man. It was just what she needed. He made no demands on her emotionally, and she none on him. They were hot and heavy for about six weeks. But she realized in the meantime she wasn't meeting anyone else, because she was with him all the time. Meanwhile, he had an ex-girlfriend he was sleeping with, and sometimes the ex took priority. That bugged her. Eventually, she told the man they shouldn't see each other anymore.

Meanwhile, she was at a party one night. There was a lot of tall, dark, hot foreign men there. Any one of them would be perfect for a sexual fling. She started off many conversations that night, but nothing really gelled. She was getting ready to leave and thought she'd hit the bathroom. A man in front of her turned around and began flirting with her. From what she could tell in the dark, he was very cute. But he wasn't the swarthy bad boy type she had been on the hunt for. Nevertheless, she decided to have a drink with him, and because she was still in such a slutty mindset, she began kissing him right away.

The man emailed her the next morning and asked for a date. This kind of scared her. He was probably the good guy type who wanted something serious right away. She agreed to a date, but she'd have to set him straight.

They went out and to her surprise, she was still attracted to him. The man talked her up into his apartment, and she went all out to impress upon him what a slutty girl she was and how she was just looking for sex. She felt kind of bad about that, because he seemed like such a sweet, wholesome guy. But she'd been with a sweet, wholesome guy for 10 years, and he turned out to be a complete stranger. So she was scared of that type.

But the guy, let's call him Joe, turned out to be not so sweet and wholesome after all. Eventually, they began teasing each other with tales of their sexual derring-do. The badder he seemed, the more she liked him. She also began to see a highly sexual side of Joe. The sweet, wholesome guy she thought he was at the beginning had virtually disappeared. But she knew she wouldn't get emotionally attached to him, because he had some very odd personality traits, and they had virtually nothing in common. Perfect.

Somehow, over the course of their relationship, they began emailing every day. His writing kept her intrigued and interested. But still, things were strange. He would pursue her relentlessly, seem to get mortally jealous if she flirted with anyone else, even invited her back to meet his family in his home country, but at the same time seemed to have no interest in dating her for real. But what did it matter? She wasn't looking for a boyfriend. She'd had that for ten years, and it had gotten deadly dull.

But one day, the girl went on a date with a man she'd met a couple of months previously. She really liked this man, let's call him Muhammed. He was everything Joe was not. He was fun, he was highly sexual and verbal, he liked the same movies and music she did. This was a guy she could get attached to, and that scared her. But she thought she'd give it a shot.

Much to her annoyance, the date with Muhammed went well, and they ended up in bed as usual, but she felt it was all kind of mechanical. She wasn't really into it. She wracked her brain to figure out what was going on. She didn't feel this way when she was with Joe. Dammit.

She tried to tell Joe about this in a couple of their email exchanges, but he would just ignore the topic. He even pretended he didn't receive a long email she had written about it, explaining her confusion, and whether or not they should even keep seeing each other. They have a strange relationship, which she values enormously, and one that seems to work on many levels despite all the odds, but she began to realize it was only a matter of time before she got shunted aside for someone else.

She thought she could rectify the situation by going on as many dates as humanly possible. She went on a date with a handsome 43-year-old man who seduced her. But again, after she left his apartment, she drunk-dialed Joe. She was clearly losing her mind.

Meanwhile, Joe was dating up a storm, and seemed to have fallen for a girl who was the opposite of what she had become. A good girl, who helped out cancer patients. She figured Joe would tire of her eventually, but the girl cut it off with Joe, and now she wondered if that would only inflame Joe's interest. Damn do-gooders!

She made a date with a fireman so hot he could be on one of those fireman's hunks calendars they put out every year. She hoped like hell she wouldn't think about Joe while she was on her date with him.

She's a confused girl. But she's a good girl, and a bad girl, all wrapped into one. And she figures she'll get out of this mess somehow.

THE END

옛날에 아주 아주 착한 여자가 있었어요. 여자는 금발에 예뻤고, 열세 살 적부터 주위에서 가만 놔두지를 않았죠. 하지만 여차저차 하다 보니 스물네 살이 되어서야 첫 경험을 했어요. 그 이후로 잠자리를 함께한 남자가 딱 한 명 더 있었고, 뉴욕에서 운명의 남자를 만나게 되지요. 여자는 남자와 10년 동안 사귀면서 두 사람이 언제나 함께할 거라고 철석같이 믿었어요. 한 번도 바람을 피우지 않았고 딴 데를 기웃거리기는커녕 눈길도 주지 않았죠. 남자와 헤어지기 전 1~2년 동안은 그렇게 해도 누가 뭐라 할 수 없는 상황이었는데 말이에요. 남자는 섹스에 통 관심이 없는 듯 보였거든요. 여자는 그게 두 사람이 장기적인 관계에 돌입한 신호라고 생각했어요. 그래서 솔직히 말도 못하게 괴로웠지만, 섹스를 좀 더 하기 위해 속이 꽉 찬 착한 남자를 포기하고서 싱글 도시남녀의 거친 세계에 몸을 던질 생각은 하지 않았답니다.

여자 역시 차츰 남자에게 성적인 관심을 잃어버리기 시작했어요. 그러다가 여자는 서른다섯 살이 되었습니다(아시다시피 여자가 성적으로 가장 활발한 나이죠). 갑자기 여자는 자기 앞에 펼쳐진 섹스 없는 길고 메마른 인생을 보게 되었어요. 마침내 그와 결혼하기로 했거든요.

그런데 어느 날 남자는 여자에게 엄청난 비밀을 털어놓았어요. 자기가 게이인 것 같대요. 그리고 실은 2년 동안 여러 남자들과 잠을 잤다는군요. 여자는 말할 수 없이 큰 충격을 받았죠.

그러나 이 일로 한 마리 짐승이 우리에서 풀려났어요. 그토록 오랫동안 기다리기만 했던, 여자의 비옥한 구멍에 마침내 볕들 날이 온 거죠(비유가 좀 형편없지만 아무렴 어때요). 여자는 남자와 헤어진 지 사흘 만에 술집에서 웬 남자를 만났고 술에 취해 애무를 했어요. 그런데 아무것도 느낄 수 없었어요. 나무토막과 키스하는 것 같았죠.

여자는 이틀 후에 남자와 다시 마주쳤어요. 이번에는 술에 취하지 않았고 남자가 얼마나 섹시한지를 발견했죠. 오랫동안 묻혀 있던 성욕이 불끈거렸어요. 탄탄한 몸, 길들여지지 않은 청록색 눈, 빼어난 말솜씨를 제외하면 남자는 대단할 게 없었어요. 완벽하잖아요. 여자는 이 남자라면 감정에 휘둘리지 않을 거라고 생각했어요.

여자는 남자와 성관계를 시작했어요. 여자에게 필요한 것이었죠. 남자는 여자에게 정서적인 요구를 하지 않았고 여자도 마찬가지였어요. 두 사람은 약 6주간 무지 뜨거웠고 참 많이도 했지요. 그런데 그러는 동안 여자는 남자 말고 아무도 만나지 않았다는 걸 갑자기 깨달았어요. 항상 그와 함께 있었으니까요. 한편 남자에겐 헤어진 여자친구가 있었는데, 여전히 잠은 자는 사이였죠. 때로는 헤어진 여친이 여자보다 우선권을 차지하기도 했어요. 여자는 심란했죠. 결국 남자에게 더는 만나지 말자고 말했어요.

그러던 어느 날 여자는 파티에 갔어요. 키 크고 거무스름하고 섹시한 외국 남자들이 많더라고요. 모두 아무 생각 없이 즐기기에 완벽한 상대 같았어요. 여자는 그날 밤 이 남자 저 남자와 대화를 나눠보았지만, 하나같이 순조롭게 풀리지 않았어요. 여자는 그냥 집에나 가야지 생각하고 마지막으로 화장실에 들렀죠. 여자 앞에서 기다리던 남자가 뒤를 돌아보더니 추파를 던지기 시작했어요. 어둡긴 했지만 남자는 제법 귀엽더군요. 하지만 그는 여자가 그동안 만나온 거무스름한 나쁜 남자 타입이 아니었어요. 그럼에도 불구하고 여자는 남자와 한 잔 하기로 결정했어요. 여전히 난잡하게 놀아버릴 마음 상태였기 때문에 곧바로 들이대고 키스를 했죠.

남자는 다음 날 아침 여자에게 이메일을 보내서 데이트를 청했어요. 이 일로 여자는 겁을 좀 먹었죠. 그가 진지한 걸 원하는 착한 남자 타입인 것 같아서요. 여자는 데이트를 하긴 하겠지만, 확실하게 말을 하기로 마음먹었어요.

그런데 놀랍게도 데이트를 하고 나서도 여자는 여전히 남자에게 끌렸어요. 남자는 여자를 집으로 끌어들였죠. 여자는 자기가 얼마나 난잡한지 보여주기 위해 용을 썼어요. 자기가 찾는 건 섹스 상대뿐이라는 걸 확실히 해두려고요. 그런데 왠지 찜찜했어요. 왜냐하면 남자는 다정하고 건전한 사람인 것처럼 보였거든요. 하지만 여자가 10년 동안 사귀었던 다정하고 건전한 남자는 결국 완전히 낯선 사람으로 드러났던 걸요. 그래서 여자는 그런 타입이 두려웠답니다.

하지만 알고 보니 남자('조'라고 부릅시다)는 다정하고 건전한 타입이 전혀 아니었어요. 결국 두 사람은 각자의 거침없는 성적 무용담을 늘어놓으며 서로를 지분거리기 시작했죠. 그가 더 심하게 나쁜 남자로 보일수록, 여자는 남자가 점점 더 좋아졌어요. 또 조에게는 성적으로 굉장히 끌리는 면이 있었어요. 처음에 다정하고 건전한 사람인 줄로 알았던 그 남자는 사실상 사라진 거죠. 하지만 여자는 이 남자에게 감정적으로 휘둘리지 않을 거라고 생각했어요. 그는 성격이 아주 특이했고 두 사람은 공통점이 거의 없었거든요. 완벽하지 뭔가요.

어쩌다 보니 두 사람은 사귀는 동안 매일 이메일을 주고받게 되었어요. 남자의 글은 계속 여자의 흥미를 끌었고 호기심을 자극했죠. 그러나 여전히 상황은 이상했어요. 남자는 줄기차게 여자를 원했고, 여자가 다른 사람과 시시덕대기라도 하면 미친 듯이 질투를 하는 것 같았죠. 심지어 자기 고향에 있는 가족들을 만나러 가자고 초대하기까지 했어요. 그런데 동시에 여자와 진짜로 데이트하는 것에는 흥미가 없는 듯 보였어요. 하지만 무슨 상관이래요? 여자는 남자친구를 찾고 있지 않은데. 여자는 10년 동안 남자친구가 있었지만, 죽고 싶을 만큼 따분할 뿐이었어요.

그러던 어느 날 여자는 두어 달 전에 만난 남자와 데이트를 하게 되었어요. 여자는 이 남자를 정말 좋아했죠. 그를 무하메드라고 합시다. 그는 조와 완전 딴판이었어요. 재미있고 엄청 섹시하고 말도 잘했죠. 여자가 좋아하는 음악과 영화를 그도 좋아했어요. 이 남자는 여자가 감정적으로 휘둘릴 수 있는 타입이었어요. 그래서 여자는 또 겁이 났죠. 하지만 여자는 한번 해보자고 마음먹었어요.

아주 성가시게도 무하메드와의 데이트는 잘 풀렸어요. 늘 그렇듯 결국 침대로 들어갔죠. 하지만 섹스는 기계적으로 느껴졌어요. 완전히 몰입할 수 없었죠. 여자는 어떻게 된 건지 이해해보려고 머리를 쥐어짰어요. 하지만 조와 있을 때처럼 느낄 순 없는 거예요. 젠장.

여자는 조와 이메일을 주고받으면서 이 이야기를 조금 해보았어요. 그런데 조는 그 주제를 싹 무시하더군요. 심지어 여자가 자신의 혼란을 설명하면서 그를 계속 만나야 하나 말아야 하나 고민하는 내용을 길게 적은 이메일을 받지 못한 척했어요. 그들의 관계는 이상했어요. 여자는 이 관계를 굉장히 소중하게 여겼고, 문제가 많긴 하지만 여러 가지 면에서 잘되고 있다고 생각했어요. 하지만 여자는 자신이 다른 사람에게 밀려나는 건 시간문제라는 사실을 깨닫기 시작했죠.

여자는 인간으로서 가능한 한 닥치는 대로 데이트를 하면, 이 상황을 바로잡을 수 있다고 생각했어요. 그래서 자신을 유혹한 마흔세 살의 잘생긴 남자와 데이트를 했죠. 그러나 여자는 그의 아파트에서 나온 후 또 다시 술에 취해 조에게 전화를 걸었어요. 여자는 분명 제정신이 아니에요.

한편 조 역시 닥치는 대로 데이트를 하고 있었는데, 여자와는 정반대 타입으로 보이는 사람에게 푹 빠진 것 같더군요. 착한 여자 타입이죠. 암 환자를 돌본대요. 결국은 그녀한테도 질릴 테지만, 이 착한 여자가 조를 딱 잘라 거절한 거예요. 이제 조의 관심이 걷잡을 수 없이 불타오를 것인지 아닌지가 관건이 되었죠. 착한 것들, 재수 없어!

여자는 매년 소방서에서 나오는 달력 모델로도 손색없을 만큼 섹시한 소방관과 데이트를 했어요. 데이트를 하는 동안 조 생각이 나지 않기를 간절히 바랐답니다.

여자는 혼란스러워요. 하지만 착한 여자죠. 그리고 나쁜 여자이기도 해요. 그녀 안에는 여러 가지 모습이 들어 있어요. 여자는 어떻게든 이 난장판에서 벗어나야 한다고 생각하고 있어요.

끝

While You Were Out Getting Stoned

To: _N_

Date: _12/21/99_   Time: _5_   AM ~~PM~~

M _____

Area Code & Exchange _613-6045_

YOUR CONNECTION CALLED		A PARTY BROKE OUT	
WANTS A 4:20 APPT.		THE COPS CAME BY	
WILL CALL BACK AT 4:21		WE SMOKED YOUR NUGS	
NEEDS TO SCORE		THE BOSS FIRED YOU	
WANTS YOUR BODY		WE WERE TOO	
DOG ATE YOUR STASH		ER, AH...I FORGOT	

Messages: _Dinner on New Year's Eve?_

printed on recycled paper

84

당신이 없는 사이에

받는이: N
날짜: 99년 12월 21일
시간: 오후 5시
전화번호: 623-6045

지인이 전화했어요.
4시 20분에 만나고 싶어요.
4시 20분에 다시 전화할게요.
마약을 사야 해요.
당신 몸을 원해요.
당신이 숨겨둔 걸 개가 먹었어요.

갑자기 파티 일정이 생겼어요.
경찰이 들렀어요.
당신 대마를 피웠어요.
상사가 당신을 해고했어요.
우리도 그랬어요.
어, 아, 잊어버렸어요.

메시지: 올해 마지막 날 저녁 같이 할까요?

남자가 동료 여직원의 책상에 올려둔 이 메모는, 1999년 마지막 날 밤 첫 데이트의
도화선이 되었다. 두 사람은 2004년에 결혼했다.

Darling, I've been meaning to ask you this for a long time. How about a photograph of you? There is a spot on my ~~buro~~ dresser that my eye catches the first thing in the morning and the last thing at night and I can think of nothing I'd like better than to have your picture there —

자기, 예전부터 물어보고 싶었던 게 있어요.
사진 한 장 줄 수 있어요?
아침에 일어났을 때 가장 먼저 눈에 들어오고,
밤에 잘 때 마지막까지 눈길이 머무는 자리가 있어요.
서랍장 위에 그 자리를 차지할 만한 건 자기 사진밖에 없어요.

음,
기분 나쁘게 해서 미안해.
나중에 얘기하자. 안녕.
닉

Rosie

Ten minutes after our conversation yesterday, I found myself face
to face with a six-foot tall plastic pig. He was dressed in an apron,
wearing a chef's hat, had his hoof on his hip and was smiling
seductively. Restaurant supply, I have found, is the most reliable
place to start ant search. But it occurred to me that before I
commit a felony, get arrested or have to spend the better half of a
day in jail for defacing public property outside Working Class, I
should at least take you out to dinner, 'a last meal' if you will.
You're wonderfully interesting; you talk a lot but that's all right
because your smile is worth it. Besides being beautiful, I like your
name.

Barnaby

로지

어제 우리 얘기가 끝나고 10분쯤 지나서, 180센티미터도 넘는 거구의 남자가 내 앞에 나타났어.
그는 앞치마를 두르고 주방장 모자를 썼는데, 엉덩이에 뒤룩뒤룩 찐 살이 장난이 아니더라.
게다가 나를 보고 징그럽게 웃더라고. 알고 보니 레스토랑 식품 창고는 개미 수색을 시작하기에 안성맞춤인
장소였어. 하지만 내가 중죄를 저지르고 체포되거나 '워킹 클래스' 바깥의 공공구역을 훼손한 혐의로
유치장에 들어가기 전에, 적어도 너랑 최후의 만찬을 해야겠다는 생각이 들었어. 넌 정말 놀라울 정도로
흥미로운 사람이야. 말이 많지만 괜찮아.
네 미소는 그만한 가치가 있으니까. 예쁜 것 말고, 네 이름도 맘에 들어.

바나비

Dear Daniel,
Thank you for a great week - You brought back a
smile in me that doesn't surface all that much. Although
the choice I made this week may not have been a
totally wise choice, I don't regret it and I'm so glad
I got the to meet you + know you + smooch you too.
I wanted you to know that your conversation stimulated me,
your intellect impressed me, your body amazed me and
your smile melted me.
The first thing Theo said to me was that I looked
different - And he was right - I feel different
You've opened up a side of me that I wasn't really sure
I wanted to see - but here it is and I'm dealin' with it.

I have to go now - but thanks again for
such a great time
                    XOXO

다니엘에게

일주일 동안 멋진 시간 보내게 해줘서 고마워요. 당신 덕분에 오래 묻혀 있던 내 안의 미소가 다시 돌아왔
어요. 이번 주에 내가 한 선택이 그다지 현명하지 않을 수도 있지만, 후회는 하지 않아요. 당신을 만나고 알
게 돼서 좋고, 애무하는 것도 정말 좋아요. 당신과 나누는 대화에 자극을 받고, 지적인 당신을 보면 감탄하
지 않을 수 없어요. 당신 몸은 나를 놀라게 하고, 당신 미소는 날 그냥 녹여버려요.
테오가 날 보자마자 뭔가 달라 보인대요. 그가 맞아요. 나도 기분이 달라요. 당신은 내가 드러내고 싶지만
확신하지 못했던 어떤 것을 끄집어냈어요. 근데 있잖아요, 난 잘할 수 있을 것 같아요.
이만 줄여야겠어요. 우리 나중에 또 멋진 시간을 보내요.
XOXO*

● 포옹과 키스를 뜻하는 표시로 사랑하는 사람에게 보내는 편지나 쪽지 끝에 덧붙임.

89

PLEASE DELIVER 배달해주세요.

Shakawa Lodge Game Reserve 사가와 산장 수렵금지구역
FAX # 27 15 575 1027   FAX # 27 15 575 1027
One Page   1페이지

miss 그리워요

Feel or suffer from the lack of; *"he misses his girlfriend"* 2: fail to attend an event or activity; *"he missed his plane"* [ant: <u>attend</u>] 3: fail to reach or get to 4: be without. [syn: <u>lack</u>] [ant: <u>have</u>] 그립다: 보고 싶거나 만나고 싶은 마음이 간절하다

you 당신이

Used to refer to the one or ones being addressed; *"I'll lend you the book. You shouldn't work so hard"* 2: used to refer to an indefinitely specified person; one *"You can't win them all"*
당신: 듣는 이를 가리키는 2인칭 대명사

madly 미치도록…

adv 1: in a desperate manner; *"he misses her madly"* 2: in an insane manner; *"he behaved insanely"*; *"he behaves crazily when he is off his medication"* syn: <u>insanely</u>, <u>crazily</u>, <u>dementedly</u>] [ant: <u>sanely</u>] 3: (used as intensives) extremely; *"he was madly in love"* 미치다: 정신이 나갈 정도로 매우 괴로워하다

I do – and hope that you are having a wonderful time. All is well (and beautiful) back home.
당신이 즐거운 시간을 보내길
진심으로 바라요.
여긴 모두 잘 있고
아무 일 없어요.

July 22, 2001

Today I watched a
leaf fall.
I saw it float around
until it landed into a
pile of leaves.
Other people passed by but took no
notice of the leaf.
They thought it was ordinary.
When I looked at the leaf, know what
I saw?

Beauty.

그 나뭇잎
(The leaf)

2001년 7월 22일

오늘 나뭇잎 하나가 떨어지는 걸 보았어요.
이리저리 떠다니다가 낙엽 무더기에 내려앉더군요.
지나가는 사람들은 아무도 눈여겨보지 않았어요.
그냥 늘 있는 일로 여겼을 거예요.
내가 그 나뭇잎을 보면서 무슨 생각을 했는지 알아요?
아름다움이에요.

(It was pretty)
정말 예뻤어요.

91

12/24/2003

IT'S HARD TO BELIEVE THAT ONE YEAR AGO I NEVER DREAMED OF THE REAL POSSIBILITY OF US ACTUALLY BEING TOGETHER. I LOVE YOU SO MUCH. WHEN I THINK OF ALL THE EVENTS, EMOTIONS AND TRIALS THAT WE HAVE BEEN THROUGH OVER THE LAST YEAR, IT OVERWHELMS ME. STILL, THE CONSTANT THOUGHT AND DESIRE OF SHARING OUR LIVES TOGETHER HAS NEVER WANED. I DO KNOW THAT WE ARE PERFECT FOR EACH OTHER, AND IN SOME WAY GOD DID MEAN FOR US TO BE TOGETHER. IT'S SO UNFORTUNATE THAT POSSIBLY HIS ORIGINAL PLAN WAS THWARTED BY YOUR MOTHER'S DESIRE TO CONTROL YOUR YOUNG ADULT LIFE. ALSO, THAT THE LIVES OF OUR FAMILIES HAS BEEN TURNED UPSIDE DOWN. STILL, GOD IS ABLE TO MAKE GOOD OUT OF THE MOST HURTFUL TIMES AS YOU WELL KNOW. I KNOW AS WE CONTINUE TO PRAY FOR HEALING, HE WILL DO THAT IN THE HEARTS OF ALL THOSE WE LOVE. THANK YOU FOR GIVING UP YOUR WORLD TO COME BE A PART OF MY WORLD — ONE THAT WE CAN SHARE EACH DAY BY EXPRESSING IT IN WAYS THAT WE BOTH NEVER THOUGHT WE COULD EXPERIENCE — I LOVE YOU - MERRY CHRISTMAS

2003년 12월 24일

일 년 전만 해도 우리가 정말로 함께 있게 되리란 생각은 꿈에도 하지 않았는데, 지금은 그런 생각을 했다는 게 더 믿어지지 않아요. 당신을 정말 많이 사랑해요. 작년 한 해 우리가 겪은 그 많은 사건과 감정, 그리고 시련을 생각하면 가슴이 먹먹해져요. 그럼에도 불구하고 당신과 인생을 함께 나누고 싶다는 생각과 소망은 절대로 사그라지지 않더군요. 우린 정말 서로에게 완벽한 짝이에요. 어떻게 보면 하나님께서 우리를 맺어주신 것 같아요. 당신 어머니께서 성인인 우리의 인생을 마음대로 조종하고 싶어하시는 바람에, 뜻했던 계획이 좌절된 건 정말 안타까운 일이에요. 또 우리 가족의 인생이 완전히 뒤집혀버린 것도요. 하지만 당신도 알다시피, 하나님은 견디기 힘든 고통의 시간에도 좋은 것을 주시는 분이죠. 우리가 계속 열심히 기도하면, 그 분은 우리가 사랑하는 사람들의 마음을 움직여주실 거예요. 내 세계의 일부가 되기 위해 당신 세계를 포기해줘서 고마워요. 앞으로는 우리가 한 번도 상상하지 못했던 경험을 하면서 날마다 같은 세계에서 함께 살아갈 수 있을 거예요. 사랑해요. 메리 크리스마스.

So, you wanna know what I want? I want it all. I want to be in love so much it hurts. The frissons. The pin pricks. The mind-blowing sex. The connection. And I want to be married with kids I adore and a husband who makes me feel safe, sexy, smart, secure, silly, serious, salacious, sinful, serene, satisfied. I want someone who makes me laugh until milk comes out my nose (only I don't drink milk). I want to finish someone's sentences. I want to believe in someone, in something, in a future that's not just about laundry and soccer practice and subdivisions and minivans and guilt-tripping grandparents. I want to make someone a better person. I want to be a good example. I want to love some kids into the world. I want someone who stimulates my brain as much as my body. I want to taste everything and go everywhere. I want to give and I want to get. I want too much and I want it all in one person.

So, what do I want from you? That's hard to say because it's not really about want, it's about wish. Do I wish you were that person for me? Yes. Do I wish that you weren't married with kids and that I wasn't living with someone and that even though we work together we could explore the possibilities and that all my dreams would come true? Duh. But you are, and I am, and we can't and they won't. So the question is, do I want just a little, or I should say, a little more? Sure, all the time I do. But I know a little's not going to be enough and then I'll want more. And then maybe I won't want more, but you will. Or you won't and I will. And then there will be nothing and I don't want that at all.

내가 무엇을 원하는지 알고 싶다고요? 전부 다 원해요. 사랑하고 사랑받길 너무 많이 원해서 아플 지경이에요. 그 전율, 따끔거림, 정신이 아득해지는 섹스, 둘이 연결되어 있는 느낌……. 결혼해서 귀여운 아이들을 낳고 싶고, 안전하고 보호받는 기분을 느끼고 싶고, 내가 섹시하고 똑똑하고 멍청하고 진지하고 음탕하고 사악한 여자라고 느끼게 만드는, 깊은 만족감과 평화를 주는 남편과 같이 살고 싶어요. 나는 코에서 우유가 줄줄 흘러나오도록 날 웃겨주는 사람을 원해요(근데 난 우유를 안 마셔요). 나는 누군가의 문장을 마무리해주고 싶어요. 나는 누군가를, 무엇을, 어떤 미래를 믿고 싶어요. 그 미래는 단지 빨래나 축구 연습이나 부동산이나 미니밴이나 죄책감이 드는 늙은 가족 따위를 말하는 게 아니에요. 나는 누군가를 더 나은 사람으로 만들고 싶어요. 나는 좋은 모범이 되고 싶어요. 세상 속에서 우리 아이들을 사랑하고 싶어요. 나는 내 몸은 물론이고 머리를 자극하는 사람을 원해요. 나는 모든 것을 맛보고 싶고 모든 곳에 가보고 싶어요. 나는 주고 싶고 받고 싶어요. 나는 너무 많은 것을 원하고 그 모든 것을 한 사람에게 원해요. 그래서 내가 당신에게 뭘 원하냐고요? 말하기가 무척 어려워요. 불가능한 걸 바라고 있으니까요. 당신이 내 인연이길 바라냐고요? 맞아요. 당신에게 아내와 애가 없고 나도 혼자이길 바라냐고요? 그렇고 말고요. 우리가 같은 직장에 다녀도 모든 가능성을 시도할 수 있고, 내 모든 꿈이 실현되길 바라냐고요? 물론이죠. 하지만 당신과 내겐 임자가 있고, 우리는 아무것도 시도할 수 없고 아무 꿈도 실현되지 않을 거예요. 그래서 내가 그냥 조금만 원할 것 같아요? 아니, 지금보다 조금만 더 원할 것 같아요? 맞아요. 항상 그렇죠. 하지만 조금은 충분하지 않아서 더 많이 원하게 된다는 걸 알아요. 그러다가 나는 원하지 않는데 당신이 더 원할 수도 있어요. 아니면 당신은 원하지 않는데 내가 더 원할 수도 있고요. 그러면 아무것도 안 되는 거죠. 그래서 난 아예 원하지 않아요.

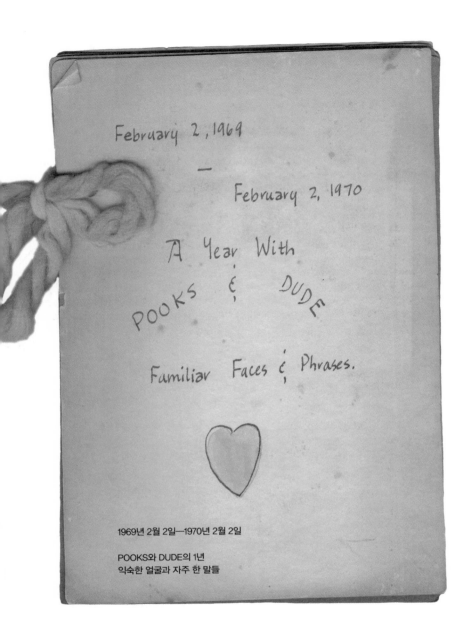

February 2, 1969

—

February 2, 1970

A Year With

POOKS & DUDE

Familiar Faces & Phrases.

1969년 2월 2일—1970년 2월 2일

POOKS와 DUDE의 1년
익숙한 얼굴과 자주 한 말들

February 2, 1969

1969년 2월 2일

처방 없이
살 수 있는
위장약

The top ten phrases
for this past year:

지난 일년 동안 가장 자주 한 말 열 가지

Five, please, just five, I promise.

5분만, 제발, 딱 5분만. 약속할게.

I hold you completely responsible.

네가 다 책임져.

The first year is the hardest.

첫 해가 제일 힘들대.

Nice. 잘났어.

Ver nice. 진짜 잘났어.

You fucking bitch, who the hell
do you think you are?

이 미친년, 네가 도대체 뭔데?

Who _do_ you love? 네가 누굴 사랑하긴 해?

I'm so tired, please, five?

정말 피곤해, 제발, 5분만, 응?.

I love · Dude. 나는 DUDE를 사랑해.

I love Pooks! 나는 POOKS를 사랑해!

결혼 1주년 기념 – 1970년 2월 2일

Happy Anniversary – Feb. 2. 1970

A bit of a hassle moving to
이사 가는 게 좀 번거로웠지.

새 주소: 1 Chauncy Street
Apartment 15
Cambridge, Mass. 02139

But we made it -
with a little help from
our friends 하지만 우린 해냈어.
친구들의 도움을 약간 받았지만.

Look, quickly, black bra + panties.
Nothing else. 자기, 빨리 와. 검은색 브라하고 팬티야.
딴 건 안 입었어.
Shit, they closed the curtain.
젠장. 헤이시가 커튼을 쳐버렸네.

Please, call Mr. Chasin. I hate
the floor. 전화 좀 해줘. 바닥재가 마음에 안 들어.

We have more
nic-nacs than anyone
in the world.

세상에 우리만큼
잡동사니가 많은 사람들도
없을 거야.

We have such a nice
house. 우린 멋진 집이 있어.
Just like big people.
대단한 사람이 된 것 같아.

주디스(DUDE)는 1970년에 남편 조너선(POOKS)을 위해서 이 카드를 만들었다. 두 사람의 결혼 1주년을
기념하기 위해서였다. 그들은 37년 동안 행복한 결혼생활을 했고, 자녀 셋과 손자 손녀 둘을 두었다.

> Sent: Monday, April 25, 2005 10:46 PM
> Subject: RE: Hey
>
> Hello ▬▬ to be the most sincere and open, the whole thing summarizes in
> one simple sentence: I don't want to hurt you anymore. You have been such an
> excellent, nice and sweet person to me and I have not treated you the way
> you deserve to be treated. It is not if I miss you or not, or how I perceive
> you. It is that I feel embarrassed to even talk to you. I don't know why I
> can't just be nice and honest with you. Well, I am honest, but it is that we>
> just don't seem to get on the same page.
>
> You and I enjoy each others company and intimacy, but I don't see myself
> falling in love with you. I wish I could explain. I wish I could keep you as
> my friend but I know you wouldn't accept that.
>
> I did horrible things to you and I feel terribly sorry about it. I hope you
> believe me. And I don't know what part of the difference I see in you is a
> consequence of what I have done. Maybe I just didn't want to see how you
> were and now I do. I don't know.
>
> My last couple of days have been complicated from many aspects: work,
> personal, friends and family. I would need pages and pages of emails to tell
> you everything. I have felt weak for the first time in a long time and I am
> questioning some of the decisions I have made in my life. Believe me or not,
> after all the secure things I have now (job, house, etc.), I feel that I
> don't know where I am heading.
>
> You are the only person that knows this now. I don't want to tell anybody
> about it. It is like the foundation of what I am is damaged and I don't know
> how to repair it.
>
> This email started one way and ended up completely different. Sorry.
>
> I am going through rough times right now and I don't know what to do.
> My mom is coming in 3 weeks and I wish I can open up to her and tell her all
> these things.
>
> I hope I made sense here tonight. Sorry I didn't address the main topic. I
> know this is selfish to ask, but keep praying for me because it looks like I
> am not praying enough
>
> Bye
>
>

안녕. 진심으로 마음을 열고 말할게요. 모든 것은 단순한 한 문장으로 요약할 수
있어요. 난 더는 당신한테 상처주기 싫어요. 당신은 내게 너무나 훌륭하고 멋지고
다정한 사람이었는데, 나는 그에 마땅한 대접을 하지 않았어요. 내가 당신을
그리워하는지 아닌지, 혹은 내가 당신을 어떻게 생각하는지는 문제가 아니에요.
난 당신하고 이야기를 나누는 것조차 창피하게 느껴져요. 내가 왜 그냥 착하고
솔직하게 당신을 대할 수 없는지 모르겠어요. 음, 아니 난 솔직해요. 우린 그냥 안 맞는
것 같아요.
당신하고 같이 있으면 재미있고 섹스도 즐거워요. 하지만 당신을 사랑하지 않아요. 나도
제대로 설명할 수 있으면 좋겠어요. 친구로서는 계속 만나고 싶지만, 당신이 받아들이지
않으리란 거 알아요.
나는 당신에게 끔찍한 짓을 했어요. 그 점은 정말 미안하게 생각해요. 제발 믿어주면
좋겠어요. 당신의 달라진 모습 중에 어떤 것들이 내가 한 짓 때문인지 모르겠어요.
전에는 당신 기분 따위는 상관하지 않았던 것 같아요. 근데 지금은 신경이 쓰여요.
나도 모르겠어요.
지난 며칠간은 일, 개인적인 문제, 친구, 가족 등 여러 가지로 복잡했어요. 그 이야기를
전부 다 하려면 이메일이 엄청나게 길어질 거예요. 이렇게 내 자신이 약하게 느껴진 건
아주 오랜만이에요. 내가 살면서 내린 몇 가지 결정에 의문이 들어요. 믿든 말든 당신
자유이지만, 나는 일도 있고 집도 있고 모든 게 안정적인데도 불구하고 내가
어디로 가고 있는지 모르겠어요.
당신에게만 이야기하는 거예요. 다른 누구에게도 이런 이야기를 하고 싶지 않아요.
나란 존재의 본질이 손상되었는데, 나는 어떻게 수리해야 할지 모르는 것 같아요.
이 메일은 시작했던 것과 완전히 다르게 끝나는군요. 미안해요.
난 지금 힘든 시간을 보내고 있어요. 뭘 어떻게 해야 좋을지 모르겠어요. 3주 후에
엄마가 오실 건데, 엄마한테는 다 터놓고 말할 수 있으면 좋겠어요.
오늘밤 내가 한 말들이 터무니없이 들리지 않았으면 좋겠어요. 우리의 중요한 문제에
집중하지 않아서 미안해요. 이런 부탁이 이기적이란 거 알지만, 나를 위해 계속
기도해줘요. 나는 충분히 기도하고 있지 않은 것 같아요.

잘 있어요.

☺ Happy events will take place
shortly in your home. ☺

6/20/97

Jerry —

Roses are red, Violets are blue,
I hope you enjoyed your birthday,
going to see U2!

HA! I made a silly rhyme!
Look at what my fortune cookie
said yesterday. What do you think
that could be?

Roz

곧 당신 집에서
행복한 이벤트가 열릴 거예요.

97년 6월 20일

제리에게

장미는 빨갛고 제비꽃은 파랗지.●
생일에 U2 보러 간 거, 재미있었어?
하하! 난 시는 안 되겠어!
위에 내 포춘 쿠키가 뭐라고 했는지 좀 봐.
무슨 뜻 같아?

로즈

● 연애 시에 흔히 사용되는 문구. 뒤에 "설탕은 달콤하고 당신도 그래요."가 덧붙는다.

Sweet Pirate passing the hours alone, sanding and staining your ship. For what voyage do you prepare? Where will the currents carry you? My port is open, my spoils--yours. Come. Ravage me with your wine drenched mouth and carpenter hands.

막써 좋은 해적이
홀로 앉아 일하고 있어요.
당신의 배에 쓱싹쓱싹
시포질을 하고
예쁘게 색깔을 입히고 있네요.
당신은 어떤 여행을 준비하나요?
해류가 당신을 어디로 데려갈까요?
내 항구는 열려 있고,
진리품은 다 당신 거예요.
어서 와서 와인에
촉촉히 젖은 입술과
묘수의 거친 손으로
나를 야탈해버려요.

당신을 그리는 동방의 공주

Dear Leslie,   4·15·03

It's a dusty one today. Our tent has no floor, so the dust is everywhere. At least the wind is keeping the heat down.

They say we should be moving even further north, probably by the time you get this. But it seems the farther away you get, the better and faster the support comes, since they're almost forced to fly it in on C130's.

I guess it's green and cooler there, so if we have to spend the summer here, it'll be tolerable. I'm of course hoping they just let all of us come home, and let some other country handle the occupation crap.

I have a feeling there'll be alot of idle time, just waiting to get the hell out of here.

They gave us some bottled water today, so I get a break from the chlorine! I'm going to save all the lemon aid for the "hard times". Keep sending that stuff! Water is truly like gold out here. Nothing else matters if you don't have that.

By the time you read this, I'm sure your birthday has come and gone, and maybe even our 22nd.

I just want you to know how much I love you, and how much you matter to me. I've got your picture in front of my I.D. card in my wallet, so every time I pull it out, I see your smiley face, and beautiful eyes.

So I hope your birthday was wonderful, and that the kids made you a cake!

I miss you like a cool breeze, and the muddy smell of a new spring complete with flowers, and green grass.

Love,
Gregory :)

104

03년 4월 15일

레슬리에게

오늘은 이곳에 먼지가 자욱해. 텐트 바닥에 아무것도 깔지 않아서 사방이 먼지투성이야. 그래도 바람이 열기를 식혀주기는 해.

훨씬 더 북쪽으로 옮길 거란 얘기가 있어. 아마도 당신이 이 편지를 받을 때쯤엔 이미 옮긴 후일 거야. 멀리 갈수록 지원은 더 나아지고 빨라지는 것 같아. C-130 수송기로 실어 오니까 그런 거겠지.

거기는 여기보다 더 푸르고 시원할 거야. 그래서 이 나라에서 가을을 나야 한다면, 그럭저럭 견딜 수는 있을 것 같아. 물론 그냥 우릴 집에 보내주고, 다른 나라가 여기를 점령하든 말든 알아서 하면 좋겠지만 말이야.

다들 여길 뜨기만 기다리면서 빈둥빈둥 지내고 있는 것 같아.

오늘은 좀 나은 물을 주더라. 이제 소독약 냄새는 안 맡아도 돼! 내가 받은 구호품은 '어려운 시절'을 위해 아껴둘 생각이야. 물건을 계속 보내줘! 여기서 물은 황금처럼 성스러운 대접을 받아. 물이 없으면, 다른 건 아무것도 중요하지 않아.

이 글을 읽을 때쯤이면 당신 생일이 지나갔겠구나. 우리의 22주년도 지났을 테지.

내가 당신을 얼마나 사랑하는지, 당신이 내게 얼마나 중요한 사람인지 알아주면 좋겠어. 신분증 카드와 지갑에 당신 사진을 끼워 두었어. 꺼낼 일이 있을 때마다 당신의 웃는 얼굴과 아름다운 눈을 바라보곤 해.

생일 즐겁게 보냈길 바라고, 꼬마가 당신에게 케이크를 만들어줬기를!

보고 싶어. 시원한 산들바람과 꽃이 만발한 봄 냄새, 초록색 풀도 그립지만 무엇보다 당신이 그리워.

이 편지는 이라크에서 블랙호크 헬리콥터를 조종하던 군인이 쓴 것이다. 이 커플은 1977년 고등학교에서 만났고 1981년에 결혼했다. 두 사람은 자녀 세 명을 길렀다. 남자는 이라크에서 두 번 복무를 마쳤고, 곧 세 번째로 다시 파견될 예정이다.

What I Want

Tonight, there are two things I want.

The first thing I want is a park bench.
Wooden, weathered, solid, comfortable.
And with a view. Doesn't have to be of the
ocean. Could be a simple garden.
Or a squirrel in a tree.
Would you sit next to me, on my park bench?
Would you take my hand and help me
watch that squirrel?

The last thing I want tonight: you.
You and me. You, me, and an entire day
for us to spend together,
any way we choose.

내가 원하는 것

오늘밤에 내가 원하는 두 가지를 말해줄게.
첫 번째는 공원 벤치.
비바람에 닳았지만 견고하고 편안한 나무 벤치 말이야.
그리고 멋진 경치도 보이면 좋겠어.
널따란 바다까지는 필요 없어.
소박한 정원도 괜찮아.
아니면 나무 위의 다람쥐도 좋아.
그 공원 벤치 옆 자리에 자기가 앉아줄래?
내 손을 잡고 내가 그 다람쥐를 보게 해줄래?

오늘밤에 내가 원하는 또 다른 것은
바로 자기야.
자기와 나. 자기와 나.
무엇을 하든지
우리 둘이서
온종일 같이 지내고 싶어.

2/26/98

Anna,

I figured there had to be something 'auspicious' about your first birthday as my wife, but I couldn't quite figure it out.

That is, until I thought about how for every birthday of yours hereafter, I will be next to you celebrating it — as we grow older together in love.

98년 2월 26일

안나.

당신이 내 아내가 된 후 처음 맞는 생일이니까.

뭔가 '눈에 확 띄는' 것이 있어야 한다고 생각했어.

하지만 도저히 생각이 안 나. 그런데 문득.

지금부터 당신 생일이 매년 돌아온다는 걸 생각하게 되었어.

당신 생일에는 내가 꼭 옆에서 축하해줄 거야.

우리 같이 늙으면서 언제나 변함없이 사랑하자.

당신의 아브니쉬

Yours,

Avnish

Hello♥ I'm bored. I had nothing better to do. I'm gonna be at Tom's house, and then go to the game. I hope you can come.

(Here goes nothing) will you go out with me? I know you'll say "No", and you probably won't talk to me, plus U like..... (of course U know). I'll be at Tom's so call me there. (—3950). If you say "No" (which will happen), can we still be frien

DON'T TELL EMILY SHE WAS RIGHT!

See Ya.
Sobo

P.S. If you say "yes" (It won't happen), we better talk to eachother more, than U and Kraft.

108

안녕! 아, 따분해. 할 일이 없었어. 지금 톰네 집에 가려고.
그러고 나서 게임하러 갈 거야. 너도 오면 좋겠어.
(아마 안 되겠지만) 나랑 데이트할래? 싫다고 말하려는 거 알아.
아마 나랑 다시는 말도 안 하고 또 아마…… (네가 더 잘 알겠지).
아무튼 난 톰네 집에 있을 거니까 그리로 전화해. 네가 싫다고 하더라도
(분명 그럴 테지만) 우리 친구로 지낼 수 있지?
에밀리한테 걔 말이 맞았다고 하지 마!
그럼 또 봐.

PS. 만약 승낙한다면 (그럴 리 없겠지만) 우린 대화를 많이 해야 해.
너랑 크래프트보다 더 많이.

OK. I have humiliated myself with McLawyer. We went to the movies
Saturday night. I decided if that ▬▬could get him drunk and make
out with him so could I. Well, I bought Jack Daniels and Crown Royal
miniatures and put them in my purse then handed them to him in the
movie. I felt all warm and fuzzy, but it did nothing for him. Evidently,
Crown Royal and Coke is a better aphrodisiac than chocolate for me
because I just wanted to make out with someone. Unfortunately,
despite all my leaning over on his armrest in the movie and trying to
drape myself seductively against the side of my car in hopes that he
would get a clue didn't work. All I got was a side hug. I have been
demoted to the side hug. I was up to the frontal hug. Anyway, last nig
we were talking about how we still had the Jack Daniels left for our
movie cokes. I said I would not be drinking any more dark liquor
because I felt loopy and wanted to make out with someone. I also
proceeded to tell him that he was lucky I let him make it out of the
parking lot. He was like "You wanted to make out with me?" I said ye
and he was like " Sorry I was such a putz." Well, now he knows I cou
jump him and I will probably never hear from him again. Actually, I ha
his mattress and bed in my parent's basement. Maybe I should hold
them hostage. What do you think?

Leigh

보낸 시간: 2006년 10월 10일 화요일 11:58 AM
제목: RE:

좋아요. 난 창피해서 죽는 줄 알았어요. 우리는 토요일 밤에 영화를 보러 갔죠.
난 그가 취하면 애무를 하고 싶어질 거라 생각했어요. 그래서 잭 다니엘스와 크라운 로열
미니어처를 사서 핸드백에 넣은 다음, 영화관에 들어가서 그에게 주었어요.
나는 몸이 후끈해지고 몽롱한 기분이었죠. 하지만 그에게는 아무 일도 일어나지 않았어요.
물론 나한테는 크라운 로열과 콜라가 초콜릿보다 더 좋은 최음제예요.
난 그냥 누군가와 살을 맞대고 싶었을 뿐이에요. 영화관에서 내가 그의 팔걸이 너머로
몸을 기대고 주차장에서는 차 옆에 비스듬히 기대면서 유혹적인 몸짓을 했는데, 불행히도
그는 전혀 눈치를 못 채더군요. 그냥 옆에서 안아주더라고요. 앞으로 안는 것도 아니고
기껏 옆으로 안았다고요. 나는 준비가 다 되어 있었는데 말이죠. 어쨌든 어젯밤에 우리는
영화관 매점의 콜라와 섞어 마실 잭 다니엘스가 아직 남아 있다는 이야기를 나누고
있었어요. 나는 기분이 좀 그래서, 이제 누군가와 애무를 하려고 독한 술을 마시는 일은
절대 없을 거라고 말했어요. 그리고 그를 순순히 가게 해줬으니 운 좋은 줄 알라는 말까지
해버렸죠. 그는 자기랑 애무하고 싶었냐고 묻더군요. 나는 그렇다고 했어요. 그랬더니
"미안해요. 난 정말 꼴통이에요"라고 하더군요. 아, 이제 그는 내가 자길 덮칠 수도
있었다고 생각할 거예요. 그리고 아마 다시는 연락하지 않을 거예요. 근데 우리 부모님 집
지하실에 그의 매트리스와 침대가 있거든요. 어쩌면 그것들을 인질로 잡아둬야 할지도
모르겠어요. 당신은 어떻게 생각해요?

리

I wish I was here. 내가 여기 있으면 좋겠어.

Love
Paul 사랑해, 폴

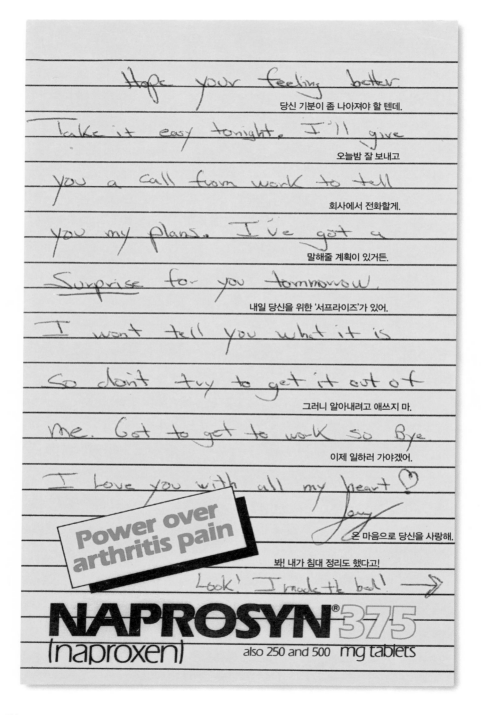

Hope your feeling better

당신 기분이 좀 나아져야 할 텐데.

Take it easy tonight. I'll give

오늘밤 잘 보내고

you a call from work to tell

회사에서 전화할게.

you my plans. I've got a

말해줄 계획이 있거든.

Surprise for you tomorrow.

내일 당신을 위한 '서프라이즈'가 있어.

I wont tell you what it is

so dont try to get it out of

그러니 알아내려고 애쓰지 마.

me. Got to get to work so Bye

이제 일하러 가야겠어.

I love you with all my heart ♡

온 마음으로 당신을 사랑해.

봐! 내가 침대 정리도 했다고!

Look! I made the bed! →

114

Stay warm for me and
have a nice day. You are my
sweetheart ever with popsicle feet

Love you

날 생각해서라도 따뜻하게 몸 챙기고 좋은 하루 보내요.
당신은 얼음과자처럼 발이 차가운,
영원한 나의 연인이에요.

사랑해요.

In writing anything to you, I always end up frustrated with the results. One reason for that is because I don't like my writing (or pretty much anything else about myself for that matter), and the other reason is a lot more complicated. I could sit here and write an entire novel about my love for you but it would never be able to fully express how I feel. Describing my love for you is like trying to explain why snow is white. They are both unchangable facts of life that cannot be argued. I have a hard time remembering if there was ever a time I didn't love you. And you know what, maybe I always did love you, even before we met. I was always in search of someone like you. Someone that would always love me and not be afraid to tell me that she loved me. Someone who would touch me with soft tenderness that showed to me just how much she loved me. Someone that I could say anything to, and who I actually truly enjoyed talking to. Someone that would make a wonderful, nice, caring, loving mother. I love you ~~____~~ and if you ever want to be reminded of that, just look in my eyes. They will always show my love for you... even when you pick at your fingers. :)

Yours Forever,

난 당신한테 무엇인가 쓰고 나면, 언제나 결과물에
좌절하게 돼요. 일단 내 글이 마음에 안 들기 때문이죠(혹은
나 자신에 대한 어떤 것도 그리 좋아하지 않기 때문일까요).
그리고 또 다른 이유는 좀 더 복잡해요. 나는 여기 앉아서
당신에 대한 내 사랑으로 책 한 권을 꽉 채울 수도 있지만,
그렇더라도 내 감정을 완전히 표현할 수는 없을 거예요.
당신에 대한 감정을 묘사하는 건 눈이 왜 하얀지를
설명하려고 애쓰는 것과 같아요. 둘 다 변하지 않는 인생의
진실이고 논쟁할 문제가 아니에요. 당신을 사랑하지 않은
적이 있었는지 기억이 나지 않아요. 실은 있잖아요,
나는 우리가 만나기 전부터 줄곧 당신을 사랑했던 것 같아요.
나는 항상 당신 같은 사람을 찾고 있었거든요. 언제나
나를 사랑해주고, 사랑한다는 말을 하는 데 주저함이 없는
사람. 나를 얼마나 사랑하는지 보여주는 다정한 손길로
날 어루만지고, 내가 어떤 말이든 할 수 있고, 이야기 나누는
것이 정말로 즐거운 사람. 자상하고 자애롭고 훌륭한 엄마가
될 수 있는 사람. 당신을 사랑해요. 그 사실을 다시 떠올리고
싶을 때면, 그냥 내 눈을 들여다봐요. 그럼 항상 거기에
당신에 대한 나의 사랑이 있을 거예요. 당신이 손가락을 쪽쪽
빨 때도 못 견디게 사랑스러워요. ˙‿

　당신의 영원한……

This Floating Life

still floating

11.25.2005

Birthday Letter

Dear Ben,

I can't call you on your birthday so I have to write. Wherever you are now, I'm sure you're surfing the Web if at all possible.

I think about you all the time. I try to picture your face. Often we would be driving somewhere and I would turn and study the side of your face. You would wear that heavy grey polar fleece pullover and orange TiVo cap. You had a cute long nose and those rectangular glasses. I liked when your hair was longer and curling a little. You were getting a few silver hairs at your temples. I tried to picture what you would look like as you got more grey.

I try to remember our conversations. You would bring me up to speed on your friends and family -- their comings and goings -- and show me your old home movies. I already felt as if I knew everyone. Or at least, I knew their bar mitzvahs. You made that movie of your cat while you were home on break from college because you were pretty certain that was the last time you were going to see him. That was one long movie. You followed him around the yard when he wasn't doing very much, just loafing and poking around. And that turned out to be the last time you saw him.

Many people have noted with regret that we have so few photos and movies of you. You took reams of photos and hours of video, but you always were behind the camera. I don't even have a picture of the two of us. Everything that happened between us, with a few exceptions, was just us -- and now I'm carrying it alone. I have to talk/write/rant about you just to help bear it, even though I know you would be terribly embarrassed. But you knew what you were getting into with me. You read the whole blog before we even met.

You could dish pretty well yourself, though. When we first met you boasted about your colorful stories, and I remember a lot of them now. Generally your full-blown stories about people would fall into two categories -- People who Made Good Decisions and People who Made Bad Decisions. People who made good decisions, such as being the first to move to a particular up-and-coming town, often had been recipients of your advice. People who made bad decisions often had ignored advice from you -- buying a substandard appliance, for

Previous Posts

All my boxes final and sealed for th..

The New Black

You barkin' at me

Jill was suspicious was fine with re..

Eulogy II

Cat Hospital

Fire! Fire! part 2

Fire! Fire!

Bundting

Fishhead zeitgeist

defective unit, as a result.

Either way, you gave a lot of advice. When I was mad at you I theorized you saw everyone as projects that needed your improvements, and that you mostly related to people by criticizing them. In calmer moments I realized that you didn't criticize to be mean. You were just ridiculously informed about an insane number of things and were trying to help people out, freely dispensing your opinion whether it was welcome or not. And whatever it was, usually you were right.

I don't think I ever saw you mean. You could be smug; frosty; imperious; gracious; tender; passionate. But not mean.

I still haven't renovated my kitchen, but I'm holding on to the sketch you made. You sent it to me the first week we were dating. In my book, that's a no-money-back-you're-getting-laid guarantee.

You tried to give me music advice once. What a disaster. I had been having difficult gigs and you were videotaping them all. The night you tried to play a show back to me and make running commentary -- like "why don't you smile more at the audience?" -- I almost knocked your block off. It was the only time I told you to go fuck yourself and really meant it. But you seemed to like it when I got sassy.

You continued to try to be helpful. We even tried an album cover shoot in Central Park, scouting around to find the spot where Nina Simone sat for the cover of her first record. We climbed giant, icy "keep off" rocks and froze our asses sitting on them to get a good shot of me with the pond and bridge behind. Days later, you produced another pearl: "I think your record cover should be . . . the outline of your naked body." Good grief, Ben.

Last year on your birthday we met up at Columbus Circle. Your instructions from me were to wear a suit that fit. I spotted you from across the plaza -- you looked so tall and handsome in your suit and trenchcoat. You were taller than everybody. It was not too cold; holiday lights were up; the Salvation Army lady was there with her bell and kettle. When we kissed hello I felt so nervous.

Between our fancy dinner and jazz at Lincoln Center, we strolled through Borders in the Time Warner Center -- you pointed out Weird N.J. magazine. Why do I keep remembering that now? We spent the rest of the weekend watching Lord of the Rings and debauching. Afterward, you didn't call me for days. God I was furious -- but that did result in our setting up a schedule. And that worked.

I remember your signature touches. You would bring tea and cookies to me on the couch and plop your legs in my lap. Self-righteously, like a huge cat. As we rode the bus in the morning, you would plant your hand on my knee and squeeze. You would TiVo stuff for us to watch together. Weeknights were nice and slow with you. It shocks me now to realize how much of a steady presence you were.

Sometimes I get hysterical wondering where the hell you've disappeared to. I force myself to remember the night on the pier, as you were losing strength, and then later as your soul left your body. I tell myself this was the end of the story. Of course, that's impossible. Your story is carried on by everyone who cared about you. Ed wrote a beautiful remembrance of you.

It's really cold tonight so I'm pulling out your down comforter. Saro threw up on the green blanky and I need something warm.

I miss you, Ben. You are never far from my thoughts. Now go fuck yourself.

Love, Erica

---

posted by Erica @ 11:27 PM   3 comments   links to this post

---

3 Comments:

한 치 앞도 모르는 삶
여전히 불안한……

2005년 11월 25일

생일 축하해

벤에게,

　당신 생일인데, 전화를 걸 수 없어서 편지를 쓰기로 했어. 당신이 지금 어디에 있든,
할 수만 있다면 분명히 웹 서핑을 하고 있을 테니까.
　난 항상 당신 생각을 해. 당신 얼굴을 떠올리려고 애쓰지. 우리가 같이 차를 타고 갈 때,
나는 고개를 돌려 당신 옆얼굴을 뚫어지게 보곤 했어. 당신은 목을 감싸는 두꺼운 회색 양모
스웨터를 즐겨 입고 주황색 티보(TiVo)® 모자를 자주 썼어. 귀여운 긴 코에는 네모난 안경이
걸쳐 있고. 나는 당신 머리가 길고 약간 곱슬거릴 때가 좋았어. 관자놀이에는 흰머리 몇 가닥이
보이기 시작했지. 당신 머리가 좀 더 희끗해지면 어떻게 보일까 상상해본 적이 있어.
　우리가 나눈 대화를 기억하려고 애쓰는 중이야. 당신은 가족과 친구들 이야기를 들려주고,
오래된 홈 무비도 보여주었어. 나는 그 사람들을 다 아는 것 같은 기분이 들었어. 적어도 그들의
유대교 성인식에 대해서는 안다고 말할 수 있을 거야. 당신은 대학 시절 방학 때 집에서
비디오카메라로 고양이를 찍은 적이 있어. 다시는 볼 수 없을 거라고 생각해서 말이야.
　그 동영상은 정말 길었어. 당신은 마당을 따라다니면서, 녀석이 어슬렁거리고 여기저기
쑤시면서 빈둥거리는 모습을 찍었어. 그리고 아니나 다를까. 정말로 다시 볼 수 없게 되었지.
　많은 사람들이 당신 모습이 담긴 사진과 동영상이 없다고 안타까워했어. 당신은 사진과
홈 무비를 많이 찍었지만, 언제나 카메라 뒤에 있었으니까. 심지어 우리 둘이 찍은 사진이
한 장도 없어. 우리 둘 사이에 일어난 모든 일은 (몇몇 예외가 있지만) 우리밖에 몰라. 그리고
이젠 나 혼자 그것들을 기억해야 해. 난 그 사실을 참아내기 위해서 종종 당신에 대해 말하고
글을 쓰고 고래고래 악을 써야 할 때가 있어. 당신이 알면 끔찍이 민망해할 게 뻔한데도 말이야.
하지만 당신은 나랑 어떻게 될지 알고 있었어. 당신은 우리가 만나기도 전에 내 블로그 글을
다 읽었잖아. 그리고 당신은 자기 이야기를 하는 것도 좋아했어. 우리가 처음 만났을 때도
자신의 화려한 스토리를 자랑하느라 정신없었지. 나는 지금도 그때 들은 이야기를 많이 기억해.
당신이 사람들에 대해서 했던 수많은 이야기는 대개 두 가지로 나뉘었어. 좋은 결정을 내린
사람과 나쁜 결정을 내린 사람. 좋은 결정을 내린 사람은 당신의 조언을 듣고 조만간 뜰 동네로
발 빠르게 이사한 것 같은 경우였어. 한편 나쁜 결정을 내린 사람은 당신의 조언을 무시하고
질이 떨어지는 제품을 사는 따위의 실수를 저질렀지. 그들은 제품이 고장 나거나 다른 문제가
생기거나 해서 나름대로 벌을 받았어.
　어쨌든 당신은 사람들에게 조언을 많이 했어. 언젠가 내가 당신한테 화가 나서, 당신은
모든 사람들을 개선시켜야 할 프로젝트로 본다고 말한 적이 있지. 그리고 당신은 주로 사람들을

비판하는 방식으로 관계를 맺는다고 말하기도 했어. 하지만 화가 풀렸을 때는 당신이 심술궂게 굴려고 사람들을 비판하는 게 아니라는 사실을 깨달았어. 너무나 많은 사람들이 우스꽝스러울 정도로 자기 문제를 고해 바쳤고, 그런 사람들을 당신은 그저 도우려고 애썼던 거야. 당신 의견이 환영을 받든 말든 공짜로 조언을 해줬을 뿐이지. 그 내용이 무엇이든, 대개 당신이 옳았어.

당신이 심술궂게 구는 건 본 적이 없는 것 같아. 독선적이고 싸늘하고 오만하고 고상하고 부드럽고 열정적일 수는 있어도 심술궂지는 않았어.

나는 아직도 주방 공사를 하지 않았어. 하지만 당신이 준 스케치는 계속 갖고 있어. 당신은 우리가 데이트한 첫 주에 그걸 보냈지. 내 입장에서 그건 당신이 나랑 잘 수 있는 보증수표를 들이민 것과 같았어.

한번은 당신이 음악에 대한 조언도 하려고 했지. 얼마나 황당했는지 몰라. 나는 그때 라이브 공연이 잘 안 되어서 힘들어 하고 있었는데, 당신이 비디오카메라로 몽땅 촬영했잖아. 당신은 쉬지 않고 코멘트를 하면서 나한테 동영상을 보여주려고 했지. "왜 관객을 보면서 더 많이 웃지 않아?" 이따위 말이나 하고. 난 정말 당신 머리를 갈겨버릴 뻔했어. 내가 당신에게 꺼지라고 말한 건 그때가 유일할 거야. 정말 진심이었어. 근데 당신은 내가 대담하게 구는 것 좋아하는 것 같았어.

당신은 계속 도와주려고 노력했어. 우리는 센트럴 파크에서 음반 표지 촬영을 했지. 니나 시몬이 첫 음반 표지를 촬영했던 곳을 찾으려고 돌아다닌 거야. 나는 엄청나게 큰 얼음이 얼어 있는 '출입금지' 바위들에 올라갔어. 뒤에 연못과 다리가 잘 보이는 자리에 앉아 있는데 엉덩이가 얼어붙을 지경이었어. 며칠 후에 당신은 또 주옥같은 말을 남겼지.

"사실 음반 표지로는 홀딱 벗은 당신 사진이 제격인데 말이야." 오, 맙소사. 벤.

작년 당신 생일에는 콜럼버스 서클에서 만났더랬지. 당신은 몸에 잘 맞는 정장을 입고 나오라고 했어. 나는 광장 건너편에 있는 당신을 보았어. 정장 위에 트렌치코트를 입으니까 정말 키가 훤칠하고 잘생겨 보이더라. 주위 사람들이 다 당신보다 작았어. 그다지 추운 날이 아니었고 연휴를 앞둔 때라 화려한 조명이 밝혀져 있었지. 구세군에서 나온 여자가 종과 항아리를 들고 있었어. 우리가 만나서 키스했을 때, 얼마나 떨렸는지 몰라.

우리는 고급스러운 식당에서 저녁을 먹고 링컨 센터에서 재즈 공연을 보기 전에, 타임워너 센터 건물을 따라서 산책했어. 당신은 《위어드 N. J.》 잡지를 가리켰고……

세상에, 내가 지금 왜 이따위 걸 자꾸 회상하는 거지? 그 주말의 나머지 시간에는 〈반지의 제왕〉을 보고 흥청망청 먹고 마시며 보냈어. 그러고 나서 당신은 며칠간 전화를 하지 않았지. 맙소사, 난 머리끝까지 화가 났어. 하지만 결국 우리는 만날 약속을 잡았고, 그 이후로는 다 잘되었어.

당신과 살이 닿았을 때 특유의 느낌이 기억나. 당신은 차와 쿠키를 가져다 놓고, 소파에 앉아 있는 내 무릎에 당신 다리를 걸쳐놓곤 했어. 덩치 큰 고양이처럼 아주 당당했지. 아침에 함께 버스를 탈 때는 내 무릎에 한 손을 얹고 힘을 꽉 주었어. 당신은 티보를 검색하면서 우리가 함께 볼 프로그램을 찾곤 했어. 평일 밤에는 당신과 함께 느릿느릿 근사한 시간을 보냈지. 당신이 얼마나 꾸준하게 내 옆에 존재했는지 생각하니, 새삼 충격적이야.

때때로 당신이 대체 어디로 사라졌을까 미치도록 궁금해져. 나는 그날 밤 부두에서 일어난 일을 억지로 기억하곤 해. 당신 몸에서 힘이 빠져나가고 당신 영혼이 떠났던 그날 밤 일을 말이야. 나는 이제 모든 이야기가 끝났다고 나 자신에게 말해. 하지만 그건 불가능한 일이야. 당신을 아꼈던 모든 사람들이 당신의 이야기를 이어갈 테니까. 에드는 당신에 대한 아름다운 추억을 글로 남겼어.

"오늘밤은 엄청 추우니까 너의 깃털 이불을 꺼내야겠어. 사로가 녹색 담요에 구토를 해서, 따뜻하게 덮을 것이 필요하거든."

보고 싶어, 벤. 당신은 내 머릿속에서 떠나지 않고 있어. 이젠 제발 꺼져.
사랑해, 에리카

● 원하는 TV 프로그램을 저장해서 방송 시간에 구애받지 않고 볼 수 있는 디지털 비디오 레코더(DVR)

에리카 스미스는 남자친구에게 보내는 공개편지를 블로그에 올렸다. 원래대로라면 벤 스턴의 서른여섯 번째 생일인 날이었다. 벤은 자정이 넘은 시간에 눈보라 치는 공원에서 산책하다가, 2005년 1월 23일 심장마비로 세상을 떠났다.

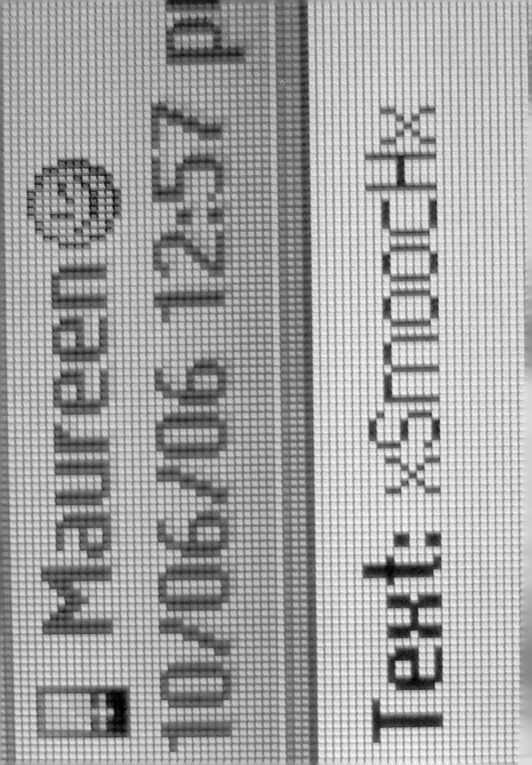

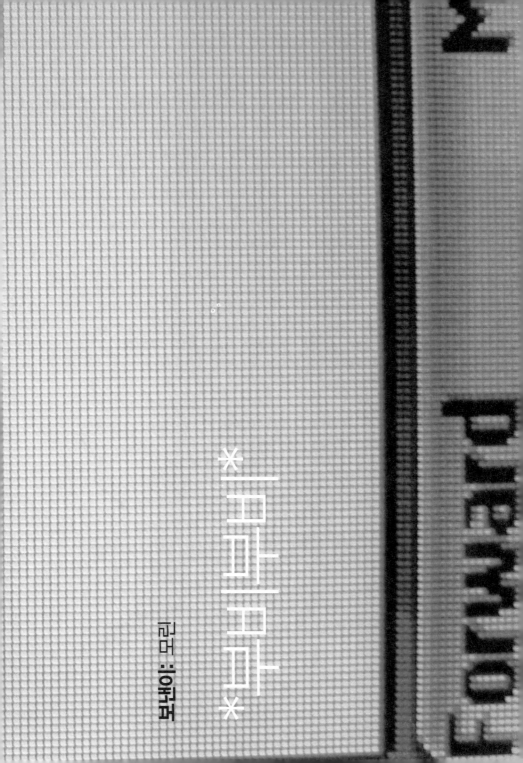

Forward

ㅁㅁㅁㅁ

보낸이: 모름

dear mike   august 1 2001

i dreamt about passing over this
bridge so many times. this is
where we determined our midpoint
to be, the ambassadorbridge.one
mileof metal separating detroit
from windsor. i would stand on o
one end, you on the other,and we
would meet halfway. i'd touch
        your face,and it wouldn't
        seem so foreign. features
    so familiar eventhough so
muchtime had passed. but then th
the tears would come back with a
all bathe memories. the good one
ones and the bad would drown us
both, and we would begin to sink
in ike lake ontario. the lake
knew something we didn't. is it
the right time for us to kmeet
agai again? i want you back in
my life so bad. part of me is
    fighting for that. the othe:
    other part is struggling
    in the past trying to forget
but wanting to remember the
first time. in detroit. i you
touched your face.

2001년 8월 1일
마이크에게

　　나는 이 다리를 건너는 꿈을 아주 많이 꾸었어.
꿈속에서 우린 언제나 앰배서더 다리 중간에서
만나기로 하지. 디트로이트와 윈저를 분리하는
1마일 길이의 금속 다리 말이야. 난 한쪽 끝에
서 있고 당신은 다른 쪽에 있다가 중간에서 만나게 돼.
난 당신 얼굴을 어루만지는데, 전혀 낯설게 느껴지지
않아. 시간이 그렇게 많이 지났는데도, 여전히 익숙한
특징들이 거기에 있거든. 하지만 바로 그때
모든 기억들이 떠올라서 눈물이 주르륵 흘러내려. 좋은
기억과 나쁜 기억이 되살아나면서 갑자기
우리는 온타리오 호수에 빠지고 점점 가라앉기 시작해.
그 호수는 우리가 모르는 무엇을 알고 있었어.
지금이 우리가 다시 만나도 괜찮은 때일까?
난 당신이 내 인생에 다시 돌아오기를 간절히 원해.
그런데 한편으로는 심히 두려워. 내 안의 또 다른
나는 과거 속에서 허우적거리며 당신을 잊으려고
애쓰면서도, 또 한편으론 디트로이트에서 당신 얼굴을
처음 만졌던 그때를 기억하고 싶어해.

dear mike...   december 2002

i miss you in the morning,
      (laying on your tummy with hands as pillows).
            xhatxmomentxwhenxyourxey
i miss that moment when your eyes first open,
      (a slow smile comes across your glassesless
                                    face).
i miss your touch,
          your kiss
              your smell.

i miss riding bikes with you,
      (we would xtry to ride side-by-side holding k
                                    hands).

i miss the way you dance,
      (even if it did embarrass me at times).

i miss talking to you on the phone,
    (when it was for hours, just before bed
          and i would sometimes fall asleep to your
                          voice).

i miss listening to the first bonny 'prince'billy record
                together,
    (you always made me smile when you'd dance around
                and do sign lanuage to the first song
                side a).

i miss the way we would lay together,
      (your head using my stomach as a pillow).

i miss waiting for you,
      (frantic for your e-mails,
            going out of the way to see if you had written).

i miss your quite strumms on the guitar,
      (your voise softly singing to me).

          i miss your arms around me.

there is so much more i miss. i could write pages of things.
part of me wonders if i miss you so much because thats
how i spent most of our relationship: missing you.
we were apart more than we wexx were ever together; there was
detroit and our two days; i went up to ottawa for a week;
you came down to chicago for a week. then you got duel
citizenship and lived with me in chicago for four months.
it's so funny to me when i look back, maybe we could only
love each other from a distance.

2002년 12월
마이크에게

난 아침에 당신이 그리워.
　　　(당신 배에 손을 올리고 싶어)
난 당신 눈이 처음으로 활짝 열렸던 그 순간이 그리워.
　　　(당신은 안경을 끼지 않고 있었는데, 얼굴 한가득 천천히 미소가 번졌지)
난 당신의 손길, 키스, 냄새가 그리워.
난 당신과 함께 자전거 타던 때가 그리워.
　　　(우리는 손을 잡고 나란히 자전거를 타곤 했지)
난 당신이 춤추던 모습이 그리워.
　　　(때로는 좀 민망하기도 했지만)
난 전화로 당신과 이야기하던 게 그리워
　　　(잠들기 전에 몇 시간 동안이나 이야기를 나누다가, 때로는 당신 목소리를 들으며 잠이
　　　들기도 했어)
난 처음으로 당신과 함께 '보니 프린스 빌리'의 레코드를 들었던 게 그리워.
　　　(당신은 항상 A면의 첫 곡이 나올 때 춤을 추면서 이상한 손짓으로 나를 웃게 만들었어)
난 우리가 같이 누워 있던 때가 그리워.
　　　(당신은 내 배를 베개 삼아 누웠지)
난 당신을 기다리던 게 그리워.
　　　(당신 이메일을 기다리느라 미칠 지경이 되고, 당신이 메일을 썼는지 안 썼는지
　　　알아보느라 난리를 피웠어)
난 당신이 기타를 뚱땅거리던 게 그리워.
　　　(당신은 부드러운 목소리로 노래를 불러주었지)
난 당신이 내 몸에 팔을 두르던 게 그리워.

이것 말고도 내가 그리워하는 것들은 셀 수 없이 많아. 몇 페이지라도 더 쓸 수 있어. 우리가 사귀는
동안 거의 항상 당신을 그리워했기 때문에 지금도 이렇게 많이 그리운 건지 모르겠어. 우린 같이 지낸
시간보다 떨어져 있었을 때가 더 많았잖아. 디트로이트에서 이틀을 보내기도 하고, 내가 일주일 동안
오타와로 가거나 당신이 일주일 동안 시카고로 내려오기도 했지. 그런 뒤에 우리는 이중 시민권을
얻었고, 시카고에서 넉 달을 함께 살았어. 돌이켜보면 정말 재미있는 일이야. 우리는 멀리 떨어져 있을
때만 서로를 사랑할 수 있었던 모양이야.

dear mike xx   march 24th 2003, monday

everyday my thoughts come back xto you. i see
a sweater you'd likexy. i listen to the new
smog record and wonder if you are too. did xm
you know that i've never loved anyone as much
as you? (and that i stillx xcan't get past
you) you left me with such uncertainty. three
years ago you turned away from me at the grey
hound station. i didn't want you to leave. i
wanted to touch you one more time, whether to
hit you or hug you. everything had happenedxx
so quickly; the cheating, the break up, the
leaving. all i've ever wanted was a better e
explaination. you still wanted me to move to
montreal with you. you wanted to be with me
but not with me. you still loved me but as a
friend. you x just wanted a break from relat-
ionships. but then, why would you kiss herxxx
the second i was on that plane to new york?
why did you move back to ottawa and start to
date someone as soon as you got there? all x
i've ever wanted was the truth from you, i
hate being left with so many questions.

          this is the last time i'll say
                  goodbye.
            rebecca

130

2003년 3월 24일 월요일
마이크에게

안 그러려고 해도 난 매일매일 또 당신 생각을 하고 있어.
당신이 좋아했던 스웨터를 꺼내서 보고, 스모그의 새 음반을 들으며 당신도 듣고
있을까 궁금해 하곤 해. 내가 당신만큼 사랑한 사람이 없었다는 거 알아? (그리고
여전히 당신을 잊지 못하고 있다는 것도?) 당신은 너무나 애매모호하게
나를 떠났어. 3년 전 당신이 그레이하운드 터미널에서 돌아섰을 때,
나는 당신이 가지 않길 바랐어. 당신을 때리든지 껴안든지, 어쨌든 한 번이라도 더
만지고 싶었어. 모든 일이 순식간에 일어났지. 당신이 딴 사람을 만나고,
나를 떠나고, 우리가 헤어진 모든 일. 내가 원한 건 단지 그럴 듯한 설명이었어.
그럼에도 당신은 내가 몬트리올에 와서 살기를 바랐지. 당신은 나랑 있고 싶어
했지만, 내 옆에 있지 않았어. 당신은 여전히 나를 사랑했지만,
친구로서 그런 거였어. 복잡한 관계들을 끊고 싶어했으면서 내가 뉴욕으로 가는
비행기를 타자마자 왜 그 여자에게 키스했지? 왜 당신은 오타와로 돌아가자마자,
새로운 여자와 데이트를 시작한 거지? 내가 원한 건 당신의 진실뿐이었어.
이렇게 많은 의문을 품은 채 버려지기 싫어.
　　내가 안녕이라고 말하는 것도 이번이 마지막이야.

　　레베카

path to secret campground (behind No... when other way is... go straight past weird buildings follow on left of river or follow signs to Stables. I'm pretty sure you can take this path too.

다른 길로 가기 어려울 때, 비밀의 캠핑장으로 가는 길

이상한 건물들을
지난 다음
곧장 가요.
강변 왼쪽을
따라가거나
마구간 표지판을
따라가면 돼요.

아마 이쪽으로 갈 확률도
꽤 클걸요.

Valet Parking

발레 파킹

출입금지
표지판이
있는 문

gate w/Do... en...

gravel ←
자갈길

→ p...
포장도...

water 물

pretty big deciduous tree

패 크고
싱그러운 나무

물 바로 앞에
언덕길이 보임.

cut uphill just before water. walk on loose rocks until you see a huge ro... on right cut arou... until you hit wate... walk IN the wa... you hit the water comes casc... the Royal Arch... on rocks. Not comforta...

요즘 패 덥잖아요.
아마 수박을 가져와야
할 거예요.

...hot. You ...probably bring ...watermellon.

홀딱 벗은 사람들을 위한
뜨거운 바위

rocks ...r naked people

huge rock
커다란 바위

shade for reading

책 읽기
좋은 그늘

땅에 널린 돌을 밟으며 걷다가,
오른쪽에 커다란 바위가
보이고 물이 있는 곳이 나오면
물속으로 들어가 '악마의
뜨거운 욕조가 나올 때까지
걸어요. 로열 아치에서 물이
폭포처럼 떨어지고 바위들은
뜨거울 거예요. 하지만 너무
뜨겁지는 않고 기분 좋을
정도예요. 아주 넓지는
않지만, 충분히 즐길 수
있어요.

Royal Arches
로열 아치

Parking
큰 주차장

Frog Pond
개구리 연못

THE LITTLE KNOWN DIRECTIONS
TO A COOL SPOT FOR PEOPLE
WHO HATE CLOTHES

"옷을 싫어하는 사람이 많은 신나는 곳으로 가는 길
(아는 사람 거의 없음)"

Car Road
자동차 도로

weird → gate thing to hotel

호텔로 들어가는
이상한 문 같은 것?

footpath

footpath
신책로

Alot of rattlesnakes here.
Don't tell J.E.M. about them
or he'll never go (Just go first)

여기는 방울뱀이 많아요.
J.E.M.한테 그런 이야기는 하지 말아요.
그러면 절대로 안 갈 테니까 그냥 앞장서서 걸어요.

HOT-TUB

own from
heats up
but definately
t a very large
ut definately large
sh for a little
seduction.

Another juicy fact: Across the
street from the housekeeping camp
shuttle stop is a rope-swing.

또 다른 흥미진진한 사실:
하우스키핑 캠프 건너편 셔틀 정거장에 밧줄 그네가 있음.

* only give this info out
to important people

이 정보는 중요한 사람들에게만 알려줘요.

d,
your emoticon

doesn't make me feel like this:

```
   —      —

   O      O

        #

   — — — —
```

or like this:

```
   —      —

   0      0

        ^

   — — —
   —      —
```

it makes me feel like this:

```
   —      —

   *      *

        ~

   —          —
   —          —
   — — — —
```

just like that.
-m

d,
당신의 이모티콘을 보면

내 표정은……

이렇게 되지 않아.

이렇게 되지도 않고.

이런 표정이 돼.

Here's a special card
that's bringing
At this special time of year
Very special,
happy greetings
To somebody mighty dear

특별한 날에
사랑하는 분께
마음을 전하세요.

대공황 후 여전히 일자리를 구하기 어렵던 시절, 한 목수가 시각장애인을 위한 집을 짓는 단체에서 일을 시작했다. 거기서
남자는 비서로 일하는 여자를 만났다. 여자는 맺고 끊는 게 분명하고 사교성이 좋았다. 20대 초반에 시력을 잃었지만, 그녀
는 타자를 칠 수 있었다. 여자는 타자기로 사랑의 편지들을 썼고, 남자는 답장을 하기 위해 점자를 배웠다. 남자는 밸런타인
데이에 여자에게 이 카드를 주었다. 사랑이 듬뿍 담긴 카드의 메시지는 정확하게 점자로 번역되었고, 마지막에는 '당신을 사
랑하는 피트'라고 서명했다. 두 사람은 결혼해서 자식을 한 명 두었는데, 그가 이 편지를 보관하고 있었다.

Well, listen sweetie. I do need to really chill out on this. The 50 emails a day is distracting to the point where I'm getting barely any work done. I have a TV project that I am in charge of, with extremely tight deadlines, a complicated story due, and I have completely ignored planning for India. I love our twisted exchanges, but I think the cons have begun to outweigh the pros. It does not seem that this relationship is made for anything other than what it is, and we have pretty much plumbed the depths of it.

I am open to doing something with you occasionally (yes, you will have to ask; yes, you will have to give me notice) if you like, but I simply cannot continue with the long drawn-out email exchanges. Basically, I need to get my life back.

I thank you for spending as much time with me as you did; it came at a time in my life when I really needed a distraction, and you certainly provided one. Except for your insanity, you are one of the coolest/funniest people I know. And I really did develop genuine feelings of friendship, and dare I say it, some degree of romantic attachment to you. But it def. cannot continue on this way, making me even crazier than I already am.

Take care and we'll catch up in the future, I'm certain. :)

저기, 있잖아요. 난 좀 냉정해져야겠어요. 하루에 이메일 50통은 보통 일이 아니에요. 그러다 보면 아무 일도 할 수 없을 정도로 정신이 산만해져요. 이번에 맡은 TV 프로젝트는 마감도 아주 빡빡하고 복잡한 스토리를 완성해야 해요. 그리고 인도에 가는 계획은 완전히 무시하고 있었어요. 당신과 비꼬는 이메일을 주고받는 건 나도 재미있어요. 하지만 좋은 점보다 나쁜 점이 더 많아지기 시작했어요. 이런 관계는 좀 소모적인 것 같아요. 우리는 도가 지나쳤어요.

당신이 원한다면 때때로 뭔가 같이 하는 건 좋아요(네, 당신은 물어볼 게 있을 거고, 또 알려줄 것도 있겠죠). 하지만 이 길고 긴 이메일 교환은 이제 못하겠어요. 기본적으로 나는 내 생활을 되찾고 싶어요.

지금까지 나에게 그토록 많은 시간을 할애해줘서 고마워요. 마침 나도 기분 전환이 필요하던 참이었어요. 다 당신 덕분이죠. 제정신이 아닌 것만 빼면, 당신은 내 주위에서 가장 멋지고 재미있는 사람들 중 하나예요. 정말이지 나는 당신에게 순수한 우정을 느껴요. 굳이 말하자면, 어느 정도는 로맨틱한 애착도 생겼던 것 같아요. 하지만 이런 식으로 계속할 수 없다는 건 분명해요. 당신은 이미 제정신이 아닌 나를 훨씬 더 정신 나가게 만들고 있어요.

잘 지내요.
나중에 또 소식 전할 날이 있겠죠. :)

어머니날 축하해, 자기야

믿을 수 없을 만큼 섹시한 나의 아내에게,
물론 우리는 위의 그림처럼 욕조를
같이 쓸 필요가 없어. 욕조에 같이 들어가는 건
위생상 좋지 못하다는 당신 생각도 알아.
하지만 당신이 절실하게 쉬고 싶어하는 걸
알기 때문에, 이 카드에 욕실을 완벽하게
청소하겠다는 나의 약속을 담은 거야.
물론 욕조도 박박 닦을게.

사랑해. 찰스

Better idea.

Happy Mother's Day, Honey

"To my incredibly <u>sexy</u> wife,

You don't actually have to share the bath, as the picture shows, but since I know you're in desperate need of some relaxation (and getting into the bath isn't your idea of the most hygenic way to do it), this card comes complete with a promise from me to clean both our bathrooms thoroughly — including scrubbing the tubs.

Love, Charles

PALMERTON, PA. Dec. 22d 1911

My dearest Lizzie —

I dont know whether you
seen me this morning or not, I saw you by
the drug store where you met Miss Weignant.
I expect to go to bed this afternoon, So I must
write to my Sweetheart first.

I just received three nice presents from
the Knoblers, I appreciate them very much
as I did yours, Tomorrow I will give you your
ring, I received it yesterday and had the jewelers
wife take it to Allentown and have it engraved.
So I will be there to put it on your finger to-
morrow afternoon, I showed it to the folks here
and they think it very pretty, Sallie said if
I would give it to her she would be my wife.
But Peter's love is all for his dear Lizzie, and
hopes to make her happy when he gives it to her.

Well dearest, I told my mother of our engagement. My sister had heard it in Palmerton Wednesday when she visited the hospital. She hadn't told my mother, so I had to break the news. Now they all know it.

When I said I felt different I didn't mean that I felt badly about it. I feel happier than ever I don't know just how the weather is going to be tomorrow, if it is like this it would be as well for you to take the 342 on the C.R.R. and go right through arriving at Reading 545. Then we could spend the afternoon at Lamoreux's. we can decide that tomorrow, Then I will not see my sweetheart for some time. But my heart goes with her and my love will last no matter how long we are apart.

피터 J. 도허티
경찰서장

팔머튼, PA.,
1911년 12월 22일

사랑하는 리지

오늘 아침에 나를 보았는지 모르겠어요. 하지만 나는 당신이 약국 옆에서 웨이넌트 양을 만나는 모습을 보았지요. 오후에 낮잠을 좀 자려는데, 그 전에 먼저 나의 연인에게 편지를 쓰고 싶었어요.
조금 전에 하품을 하고 있었는데, 마침 허블러 씨 댁에서 멋진 선물이 세 가지 왔어요. 그 댁은 내가 아주 높이 평가하는 분들이지요. 내일은 당신에게 반지를 줄 거예요. 알렌타운에 사람을 보내서 조각했는데, 어제 내 손에 들어왔어요.
내일 오후에 당신 손가락에 반지를 끼워줄 거예요. 여기 사람들에게 반지를 보여주었는데 다들 아주 예쁘대요. 샐리는 그런 반지를 받을 수 있다면 두말없이 내 아내가 될 거예요. 하지만 피터의 사랑은 소중한 리지뿐이지요. 그는 반지를 받은 그녀가 행복해하는 모습을 빨리 보고 싶답니다.
오, 내 사랑. 어머니께 우리 약혼에 대해 말씀드렸어요. 누이는 수요일에 병원 갈 일이 있었는데, 팔머튼에서 소식을 들었지요. 누이는 어머니께 말씀 드리지 않았어요. 그래서 내가 기쁜 소식을 전했답니다. 이제 모두 알아요.
내가 다르게 느껴진다고 말한 건, 기분이 나쁘다는 뜻이 아니었어요. 나는 그 어느 때보다도 행복해요.
내일 날씨가 어떨지 모르겠는데, 오늘처럼 화창하다면 당신이 CRR 기차를 타고 레딩으로 오는 게 좋을 것 같아요. 그럼 우리는 오후 시간을 라모로 씨 가게에서 보낼 수 있어요. 그건 내일 결정해도 돼요. 어쨌든 한동안 나의 연인을 보지 못하겠군요.
하지만 내 마음은 언제나 당신과 함께 있고, 우리가 아무리 오래 떨어져 있어도 내 사랑은 변하지 않을 거예요.

Sent: Tuesday, May 16, 2006 9:36 PM
Subject: hey

I missed you the second you left my office
today. I'm so excited about our first house &
I'm SO excited about our first night there together
I can't wait to start house projects!
We will have so much together!
I love you & am lucky I'm marrying you!

보낸 시간: 2006년 5월 16일 화요일 9:36 PM
제목: 안녕

오늘 당신이 사무실에서 나가자마자 보고 싶어 죽겠는 거야.
우리의 첫 집이 생길 걸 생각하니까 흥분돼서 미치겠어.
거기서 함께 보낼 첫날밤을 생각하면……
아!!! 얼른 우리집이 생기면 좋겠어!
우리는 그 집에서 아주 많은 것을 함께하게 될 거야!
사랑해. 당신이랑 결혼하게 되다니 난 정말 운이 좋아!

I dreamt about you last night

I was at camp
With strangers
In a room full of pianos
Oskar Eustis was teaching us how to play piano
By instinct
Without learning the notes

I was pretty good at it

Then I had a class called
Imagining Water
And I floated in the air for a while

I was pretty good at that too

Then you showed up
With your French backpack
And your gold hair
And the hills around us blushed so green

I had not noticed them before

You let me lift your shirt a little
And kiss your stomach
And it was warm and soft like perfect bread
And it made me hungry

And even in the dream
I felt that quiet buzz of rightness
That happens when you're around

어젯밤 당신 꿈을 꾸었어요.
나는 낯선 사람들과 함께 여름 캠프 같은 곳에 있었죠.
방 한가득 피아노가 있었는데,
오스카 유스티스*가 우리에게 피아노를 가르쳤어요.
나는 음표를 배우지도 않았는데
본능적으로
꽤 잘 쳤어요.
그러고 나서 '물을 상상하기'란 수업을 들었죠.
한동안 공중에 떠 있기도 했어요.
그것도 꽤 잘했어요.
그때 당신이 프랑스 배낭을 가지고 나타났어요.
당신의 금발이 눈부셨죠.
우리 주위에 언덕들이 아주 푸르렀어요.
나는 그런 광경을 처음 보는 것처럼 느껴졌어요.
당신은 자신이 입고 있는 셔츠를 약간 올려 보라고 했어요.
그리고 당신 배에 키스하라고요.
당신의 배는 완벽한 빵처럼 따끈하고 부드러웠어요.
그러니까 배가 고프더군요.
꿈이었는데도
바로 이거라는 느낌이 조용히 내 주위를 맴도는 것 같았어요.
당신 옆에 있으면 꼭 그런 느낌이 들어요.

● 뉴욕 퍼블릭 씨어터의 예술감독

147

have produced something
so amazing.

From the first moment
Sean arrived you were the
dedicated and caring father
I only hope Sean will be abl
to tell you one day himself ho
much he appreciates your lou
Happy First Father's Day.
My love –
Love alway
me xxx
ooo o

I look into your eyes

and find my soul mate.

I hear your voice

and never feel alone.

Beside you, I believe

in love unending

and feel the deepest joy

I've ever known.

WISHING YOU A WONDERFUL
FATHER'S DAY

Thank you for the amazing
gifts you have brought into my
life — your love and our
beautiful son. It is such a
precious moment when I
look at the two of you together
and marvel at how we could

←

149

우린 정말 놀라운 일을 해냈어.
션이 태어난 순간부터,
당신은 헌신적이고 자상한 아버지였어.
언젠가 션이 당신의 사랑에 얼마나 감사하는지
진심으로 말할 수 있는 날이 오면 좋겠어.
아버지날 축하해, 여보.

언제나 사랑해. XOXOXOXO

당신 눈을 보고 있으면

내 영혼의 동반자를 발견합니다.

당신 목소리를 듣고 있으면

절대로 외롭지 않아요.

당신 곁에 있으면

나는 영원한 사랑을 믿어요.

그리고 내가 아는 한

가장 깊은 기쁨을 느껴요.

멋진 아버지날 보내세요.

당신이 내 인생에 가져온 놀라운 선물에 감사해.
그 선물은 물론 당신의 사랑과 못 말리게 예쁜 우리 아들이지.
나는 당신과 우리 아들을 보고 있으면
어떻게 이 모든 일이 가능했는지 매번 놀라곤 해.
그 순간이 내겐 정말 소중해.

I know that dollar-wise things have been a little tight, and looking back a little unfair, too. You know that eventually things are going to ease up a bit, and in the mean-time, I promise to make it more fair. The whole situation is unfair to you. You shouldn't have to sacrifice like this, but you have done so willingly and cheerfully. I really appreciate it! You're a champ.

I'm doing ~~everything~~ I can to make ~~life more~~ our evenings together, longer. I hope you'll be patient until, one way or another I start getting home earlier.

I thank you for all you've done for us, endured for us, and loved for us. My marriage is so important to me - because of whom I married. You've made me the happiest, most happiest, of all happy.

Love,

Natie-pooh
a.k.a. Nate the "Nate"

그동안 돈 때문에 빡빡하게 살았던 거,
돌이켜보면 약간 불공평했다는 거 알아.
하지만 차차 나아지리라는 걸 당신도 알 거야.
그렇게 될 때까지 당신에게 좀 더 공평한 상황이 되도록 노력할게.
약속해. 전체적으로 당신에게 불리한 상황이지.
당신이 이렇게까지 희생할 필요가 없는데,
당신은 웃는 얼굴로 기꺼이 그렇게 해주었어.
정말로 감사하고 있어!
당신은 멋진 사람이야.
당신과 함께 저녁 시간을 더 많이 보내려고 노력하고 있어.
조금만 참아주길 부탁할게.
내가 본격적으로 일찍 퇴근하기 시작할 때까지 말이야.
당신이 우리를 위해 해준 모든 일과 참아준 모든 것,
또 우리를 사랑해주는 것에 감사해.
나에게 결혼생활은 아주 중요해.
그 이유는 내가 결혼한 사람 때문이지.
당신은 나를 가장 행복하고 또 행복한 사람으로 만들어주었어.

사랑해.
당신의 반쪽 네이트

What we danced
through in ████████, on the Cape, and last week, was politics, persuasion, lobbying for
better ground, and the words spoken seemed sad and desperate. Anyone would get scared play-
ing a pinball machine that tilts on touch. You've worked your magic on me and I've been work
over well, great verbal violence, wit-whipped, smoothed, shaken, loved. I am, and I can't
get much more simple than this, afraid of you.

However, we mutually compel mutual attraction. How do I cope with that? I am forever
attracted to you, body and mind, inside, outside, with and without. I believe I am more
attracted by you than anyone else I've met or hope to meet. But then again, I'm suicidal,
at least philosophically. And although I try to resist it, I'm slightly crisis-oriented. And
certainly I don't know you. I'll give you that very easily. I don't know you. I only know
things about you, the color of your hair, the shape of your shoulders, the pools of brown
eye, very seductive. I know temperment. I know some of your expressions. I have a collection
of words written by you. You share a few ideas. You use too many adjectives. But I don't
know anything about who, exactly, you are, in fact. Which disqualifies me as a participant
in many areas of your life, not the least of which is professional counsel. But I'm dis-
qualified in a lot of things—life, the persuit of happiness, wisdom, intellect, culture,
politics (I lost twice in two consecutive bids for president of my high school class). In
other words, must I know you?

I don't know as much as I want to know. And I know more than I want to. I need and don'
need you, etc. and so on. My brain is in shreds, my life is at the very least curiously un-
satisfying, if not lonely, and I often fantisize about who or what will fill it, and when an
how.

more on the other side

Your letter was read and immediately cherished. It doesn't deserve this as response and so
don't consider this a response. I want to be close to you, however that closeness chooses
to manifest itself. Yours, indeed, in and out of love.

지난주에 케이프에서 우리가 춤을 춘 건 정치였고 설득이었고 더 나은 입장을 위한 로비였어요. 입 밖에 나온 말들은 슬프고 절망적이었죠. 당신은 내게 마법을 걸었어요. 당신은 말로 상처를 주고 재치로 혼이 빠지게 만들고, 달랬다가 흔들어놓고 언제 그랬냐는 듯 사랑해주었어요. 나는, 나는…… 이보다 더 단순하게 표현할 수 없을 것 같은데,
나는 당신이 두려워요.
하지만 우리는 알지 못하는 사이에 서로를 끌어당기고 있어요. 내가 어떻게 대처해야 하죠? 나는 당신에게 끌리는 걸 항상 느껴요. 몸도 마음도, 안으로도 겉으로도…… 심지어 당신이 옆에 있든 말든 상관없어요. 이제껏 만났던 그 누구보다도, 혹은 앞으로 만날지 모르는 그 누구보다도 당신에게 끌려요. 하지만 다시 말해두는데, 나는 자살 충동에 시달리는 경향이 있어요. 적어도 정신적으로 그렇다는 말이에요. 난 그런 충동을 거부하려고 하지만, 시련을 자초하는 성향도 약간 있어요. 그리고 확실한 건, 난 당신을 몰라요. 그건 아주 쉽게 양보할 수 있어요. 그래요. 난 당신을 몰라요.
나는 당신에 대해서 몇 가지밖에 알지 못해요. 머리 색깔, 어깨 모양, 움푹 패인 갈색 눈, 아주 유혹적이라는 거.
또 당신 성질머리도 알아요. 표정도 몇 가지 알고요. 당신이 써준 글을 모아두었어요. 당신은 몇 가지 것들에 대한 생각을 알려주었죠. 당신은 형용사를 너무 많이 써요. 하지만 난 당신이 정말로 누구인지는 몰라요. 그래서 내가 당신 인생의 많은 영역에 들어갈 자격이 없다고 느껴요. 전문적인 조언을 해줄 자격이 없다고 느껴지는 건 말할 것도 없고요.
하지만 나는 다른 많은 것들에도 자격이 없는 걸요. 인생, 행복 추구, 지혜, 지성, 문화, 정치(고등학교 때 회장 선거에서 두 번 연속 떨어졌어요)……. 그래서 말인데, 내가 꼭 당신을 알아야 하나요?
나는 내가 알고 싶은 만큼 알지 못해요. 하지만 내가 알고 싶은 것보다 더 많이 알아요. 나는 당신이 필요하고 또 필요하지 않아요. 이런 얘기는 얼마든지 할 수 있어요. 머리가 너덜너덜해진 것 같아요. 내 인생은 아무리 좋게 말하려고 해도 지독할 정도로 만족스럽지 않아요. 그게 아니라면 외로운 거죠. 누가 혹은 무엇이 내 인생을 채워줄지, 또 언제 어떻게 그렇게 되려는지 종종 상상하곤 해요.

→ 뒷면에 더 있어요.

(뒷면)

당신 편지를 읽고 나서 잘 넣어 두었어요. 이런 답장을 할 만한 편지가 아니지만, 그러니까 이걸 그 편지에 대한 답장이라고 생각하지 말아요. 난 당신과 가까워지고 싶어요. 가까워지고 나서 어떻게 될지 모르지만, 그래도요. 이게 사랑이든 아니든, 난 당신 거예요.

i bought

whipped cream.

휘핑크림을 샀어요.

저번에 만났을 때 하고 싶었던 말이야.

뚱보 아이가

케이크를 사랑하듯이

난 당신을 사랑해.

this is what I was trying to say the other night:

i love
you like
A FAT KID
loves CAKE

I think you know how much my life has changed for the better since I first met you in the copy room. You are the most beautiful person I've ever known and my affection for you is boundless. It's going to be so hard to come to work without having your beautiful smile or wonderful laugh to look forward to. I will miss you like the night sky misses the sun, but I will forever look forward to a new day with you

복사실에서 널 처음 만난 이후로
내 인생이 얼마나 달라졌는지
너도 잘 알 거야(물론 좋은 쪽으로 달라졌어).
넌 내가 아는 가장 아름다운 사람이야.
너에 대한 내 애정은 한도 끝도 없어.
일하러 갈 때 너의 아름다운 미소와 근사한
웃음을 볼 수 없다고 생각하면, 정말이지
몹시 힘들 것 같아. 밤하늘이 태양을
그리워하듯 네가 그리울 거야. 하지만 너랑
함께 할 새 날이 올 테니, 그날을 열심히
기다리고 있을게.

여자는 법률회사의 하계 인턴이었고 남자는 변호사였다. 두 사람은 복사실에서 처음 만났다. 여자는 서류 뭉치를 복사하는 중이었는데, 남자는 차를 마신다는 핑계로 자꾸만 복사실에 들락거렸다. 남자가 열 번째 차를 마시러 온 그날 아침, 마침내 여자에게 인사를 건네고 같이 점심을 먹자고 말했다. 두 사람은 그날부터 데이트를 시작했다. 이 편지는 인턴십이 끝났을 때 쓴 것이다. 이 커플은 3년째 데이트 중이다.

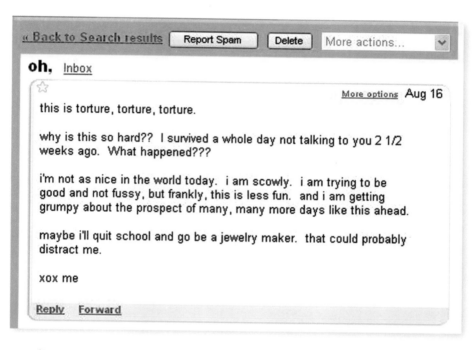

oh. Inbox

More options   Aug 16

this is torture, torture, torture.

why is this so hard?? I survived a whole day not talking to you 2 1/2 weeks ago. What happened???

i'm not as nice in the world today. i am scowly. i am trying to be good and not fussy, but frankly, this is less fun. and i am getting grumpy about the prospect of many, many more days like this ahead.

maybe i'll quit school and go be a jewelry maker. that could probably distract me.

xox me

Reply   Forward

제목: 오!

이건 고문이야, 고문, 고문.
왜 이렇게 힘들지? 2주 반 전에는 당신과 이야기하지 않고도 하루 종일 잘만 살았어.
무슨 일이 일어난 거야?
나는 오늘 별로 좋지 않아. 심술이 가득 찼어. 착하게 굴고 소란 떨지 않으려고 애쓰는 중이지만,
솔직히 재미없어. 그리고 앞으로도 이런 날들이 수없이 계속될 걸 생각하니 점점 더 짜증이 나.
어쩌면 학교를 그만두고 보석 만드는 일을 시작할지도 몰라. 그럼 아마 정신을 딴 데로 돌릴 수 있겠지.

XOX

inma,   062705

   mi amore. my life is
mucho blessed to be togother
with you. you of shimmering soul,
deep heart, tuneful mind, and
yummy body. ode to the good
times we share the true life we
bounce in as mates partners
friends lovers humyns being humyn.
you are in me, a part of me. we
are now and eternity streaming
alive joyous yes thrive... ♥
                                         billy

인마에게

내 사랑.
내 인생은 당신과 함께할 수 있는 큰 축복을 받았어.
당신의 반짝거리는 영혼,
사려 깊은 마음, 조화롭고 아름다운 정신,
맛있는 몸을 사랑해.
진정한 삶을 나누어 온 우리의 소중한 시간을 기리고 싶어.
우리 관계는 동료, 파트너, 친구, 연인,
그리고 인간 대 인간으로 발전해왔어.
당신은 내 안에 있어.
나의 일부야.
우리 삶은 영원히 기쁨으로 충만할 거고,
우린 아주 잘 살 거야.

빌리

Date: June 20, 2006 11:05:13 AM EDT
Subject: Re: ever!

i stopped at home and figured id read my email....i cant believe youre
real sometimes (i know you are) i never want to leave you when i have to
and i think about you constantly in some way or the other all day, i
havent gave the finger to anyone driving since i met you...seriously taken
by you all the ways and things that make you who you are, all i want is to
know and enjoy more of you, you really do it for me.

보낸 시간: 2006년 6월 20일 11:05:13 AM EDT
제목: Re: 이대로 영원히!

이메일을 읽으려고 집에 들렀어. 나는 때때로 당신이 현실이라는 걸 믿을 수가 없어(하지만 당신은 진짜야!).
앞으로 피치 못할 일이 생기더라도 절대로 당신을 떠나고 싶지 않아. 나는 하루 종일 여러 가지로 당신을 생각해.
당신을 만난 후로는 운전할 때 한 번도 손가락질을 하지 않았어. 당신이 진지하게 생각하는 것들, 당신을 당신으로
만들어주는 모든 것들…… 난 그런 것들을 더 많이 알고 싶고, 당신의 더 많은 부분을 즐기고 싶어.
내가 그럴 수 있게 해줘.

오늘밤에도 호텔에 있어요.
당신 생각을 하고 있어요.
당신이 나를 침대에 눕히고,
청바지를 벗겼던 그때를 생각하고 있어요.
그리고 당신 혀의 움직임도 떠올라요.

I'm in another hotel tonight.
And I'm thinking of you.
I'm thinking about that time
you tied me down to your bed
and unbuttoned my jeans.
And just used your tongue.

Toledo Ohio.
July 28. 1918.

Mr. H. Goldberg -
    Your letter on hand and
I was certainly surprised
after I got through reading
it. I surely did not expect
to get a letter like that
being that we have seen
each others only once and
then I did not have a
chance to speak with
you alone. I am sure
that our correspondence
did not lead up to that.
I surely don't see how
you expect me to answer
you but being that you

say that you want to
know if there is hopes,
I must say that we
all live on hopes, but
we must see that our
hopes come true. It
would be a bad thing
if we did not have "hope"
with us.

I dont know what you
have heard of my
fathers desire but
I am sure that you
would think different

if you knew him.

I surely can't see what
you meant by "answer
as soon as possible".
If there is a chance
for you were you can
get a definate answer
at once and I am keeping
you back why don't wait
but go ahead. There is
a saying "That a bird
caught is worth more
then a bird in the
bush".

Trusting that this letter
reaches you in the best
of health.

Hoping that I answered
as soon as you wanted
I remain as ever,

[signature]

P.S. The family sends
their best regards.

Give my best regards
to your sister.

오하이오 톨레도
1918년 7월 28일

H. 골드버그 씨

인편으로 보내온 당신 편지를 읽고 놀랐습니다. 그런 편지를 받으리라고는 기대하지 않았으니까요.
우리는 딱 한 번 보았을 뿐이고, 단둘이 이야기할 기회는 전혀 없었지요.
우리를 연결해준 사람이 그럴 틈을 주지 않았죠. 당신은 어떻게 내가 답장하길 기대하는지 모르겠어요.
하지만 희망이 있는지 알고 싶다고 하셨으니 말씀드릴게요. 우리 모두는 희망에 의지해 살아가야 하고,
희망이 실현되는지는 그저 지켜볼 뿐이죠. 우리가 희망을 갖지 못한다면 그처럼 안타까운 일은 없을 거예요.
우리 아버지께서 원하시는 것에 대해 무슨 이야기를 들었는지 모르지만, 당신이 그 분을 알게 되면 분명
다르게 생각할 거예요.
당신은 "가능한 한 빠른 답"을 원한다고 했는데, 무슨 뜻인지 모르겠어요. 적절한 때가 되면,
분명한 답을 한 번에 얻을 수 있지요. 저는 당신을 두고 볼 거예요. 좀 더 느긋하게 추진해보는 건 어때요?
"손 안의 새 한 마리가 숲속의 새보다 더 낫다"는 말이 있긴 하지만요.
이 편지가 무사히 당신에게 도착하기를 빌어요. 그리고 당신이 원한 만큼 빠른 답이 되었기를 바라요.

프리다

p.s. 가족들에게 안부 전해주세요. 특히 당신 누이에게 잘 지내라고 해주세요.

랍비의 딸 프리다는 오하이오 톨레도에 살았다. 그녀는 스프링필드에 갔다가 해리를 만났다. 해리는 20대 중반으로 식료품
을 취급하는 작은 구멍가게를 운영하고 있었다. 해리의 이야기는 흥미로웠다. 그는 열여섯 살에 혼자 폴란드에서 뉴욕으로
이민을 왔고, 막노동을 시작했다. 그러고 나서 스프링필드로 오게 되었다. 이 편지는 해리가 프리다에게 보낸 초기 편지들
중 하나에 대한 답장이다. 그들의 빠른 연애는 순전히 편지로만 진행됐다. 두 사람은 스프링필드에서 신혼 생활을 시작하기
전까지 한 번도 데이트하지 않았다. 그들은 가게에 붙은 집에서 살림을 하면서, 아침 7시에 가게 문을 열고 밤 9시까지 종일
같이 일했다. 프리다와 해리는 아이 셋을 낳고 58년 동안 함께 살았다.

Do you ever feel so sad that your heart hurts? Since the moment i walked
into my apartment i cant help but notice every single mark you left
behind... not to mention your adidas sweater i am wearing now to smell
your smell to feel like you are closer to me. When they said distance
makes the heart grow fonder they werent lying... i am once again reminded
never to take anything for granted... especially your love, your patience,
your presence...

d-

ps: 524160 minutes to go!

너무 슬퍼서 가슴이 미어졌던 적 있나요? 집에 들어오자마자, 당신이 남기고 간 흔적이 하나하나 눈에 들어와서
미칠 것 같아요. 내가 지금 입고 있는 아디다스 스웨터는 말할 것도 없고요. 당신 냄새가 나서 그런지, 당신이 옆에
있는 것 같아요. 멀리 떨어져 있으면 더 애틋해진다고들 하는데, 다 거짓말이에요. 어떤 것도 당연하게 여겨서는
안 된다는 사실을 다시 한 번 깨달았을 뿐이에요. 특히 당신의 사랑, 인내심, 당신의 존재……

d-
ps: 524160분 남았어요!

사랑해요

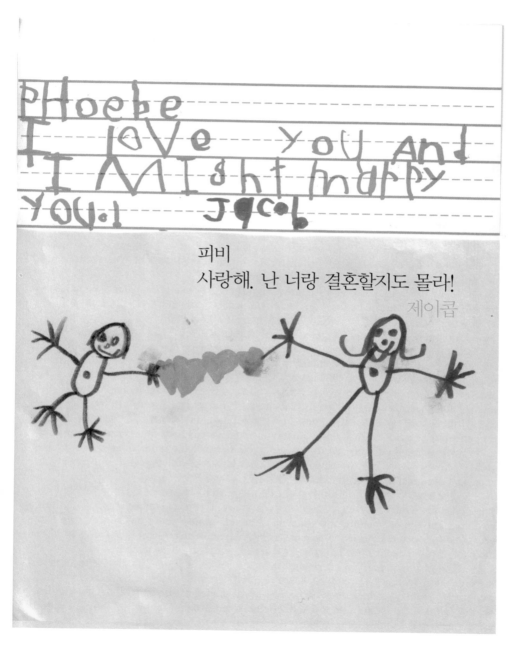

PHoebe
I love you And
I MIGHt marry
you. Jacob

피비
사랑해. 난 너랑 결혼할지도 몰라!
제이콥

제이콥과 피비는 아기 때부터 친구였다. 둘 다 아직 싱글이다.

Dear Chelsea...

It is New Year's Day. I'm sitting in yet another new apartment in downtown Manhattan. I moved in yesterday and the place looks like a garage sale. The experience of signing a lease and moving in sort of drove home the fact that I'm staying here another year, and I have mixed feelings about that. My job is the main reason I'm staying. The travel website I'm working at is sending me to Malaysia in March to write about it.

Other than a few Sommerset Maugham stories I read years ago, I have never even thought of Malaysia; but I am quickly accepting that for two weeks I will become part of it. I will visit Malacca and Kuala Lumpur. I will walk and sleep in the world's oldest jungle and dive in the Indian Ocean. I will climb a mountain in Borneo and meet people from a tribe who believe the universe was created by an arboreal slug. After it all, after those two short weeks, I will return. I will stay in New York so I can see Malaysia. But I can't think of anything else that grounds me to this place. If it weren't for this prospect of getting paid to travel and write, I could walk away from my life here.

It has been ages since I've seen you. I got your Christmas card, and I loved the little poem inside. You are a thoughtful person. I wish I were as good at keeping in touch as you, but my pattern of correspondence is organized according to impulsivity, which I suppose is better than nothing. Unfortunately, my fiction habit works the same way, and unless I change it I won't get published again anytime soon.

Since I'm sitting here in my cluttered new home, with all the material contents of my life staring at me from boxes, I might as well unpack a thought I've kept from you for as long as I've known you. Perhaps this too is impulsive, but I don't care anymore.

I remember a long time ago, when I first met you, we had a conversation out on the balcony of ~~〓〓〓〓〓~~ University. There was a point during that conversation when the hair on my back stood up, and I started to feel something for you. I was with Sally at the time, and I remember looking at you across the table and in a few silent seconds I saw an entirely different life, one in which it was you I was with instead of her. It was like looking at something beautiful and forbidden, and I was scared. When I got together with Sally, I thought she was the right thing, and I didn't think there could be two right things. So I ended the conversation. I stood up abruptly and walked back into the newsroom and told myself that I should not get too close to you, because the temptation would be too great. Knowing what I know now, I should not have walked away so quickly, and I suppose I did because I needed to know what I know now.

The truth is that I still think about that moment. I have thought about it for five years because it was very clear. I don't even know if you remember it, or if you felt anything, but I'm not getting any younger. I could wonder about this for another five years and you could be married and have children, and even if you did remember that moment, it could be dismissed as some past fancy, if it hasn't been already.

I'm getting tired of wondering about you, Chelsea. It is too easy for me to sit here in New York, feeling like an alien, taking no risks, playing my role halfheartedly, and wondering about you three thousand miles away. I meant that stuff about moving to Seattle, but the real reason was so I could be near you. I didn't know how you felt about me, though, and I didn't know how to breach the subject because it sounded insane. I mean, a guy just doesn't leave a pretty good job in New York and move across the country to follow a hunch he had five years ago, especially if he has no idea how the woman feels. It sounded crazy to me, and I was afraid it would sound even crazier to you. I figured it would scare the hell out of you and I wouldn't get any more of those nice cards and letters. It sounds no less crazy now, and God only knows what you're thinking as you read this, but I believe that in this world it is much crazier to let a feeling like that slip away without exploring it.

So there it is, five years later. A large item I have taken with me everywhere, now unpacked. The only one who knows anything about this is our friend Eric ▬▬▬▬. I told him that I felt something for you two years ago and he said he had already seen it in his mind. With all respect to him, though, his opinion doesn't mean jack---only yours does. All I want to know is if you remember that moment, if you were there in that place, if you felt the same thing at the same time, if you ever wonder about it, too?

Happy new year, Chelsea. May it bring you fulfillment, love, and all the things that really matter.

P.S.---And if you only think about me as a friend, then don't worry. I will always be your friend, as long as you don't sleep with any members of my family.

첼시에게

오늘은 새해 첫 날이에요. 나는 맨해튼 시내의 새 아파트에 있어요. 어제 이사를 했는데, 짐 정리를 못해서 꼭 벼룩시장 장터 같군요. 임대 계약서에 사인을 하고 이사까지 하고 나니까, 내가 여기서 또 한 해 머물 거라는 사실을 절실히 깨닫게 돼요. 어쩐지 혼란스러운 감정이 드네요. 내가 여기 머무는 가장 큰 이유는 일 때문이에요. 여행 웹사이트에 글 쓰는 일을 하고 있는데, 3월에는 말레이시아에 가서 취재를 하게 될 것 같아요.

몇 년 전에 읽었던 서머셋 모음의 소설들 말고는, 말레이시아 생각을 해본 적이 없어요. 하지만 2주일 동안 그곳에 있게 된다는 사실에 금세 익숙해졌어요. 나는 말라카와 쿠알라룸푸르에 갈 거예요. 세계에서 가장 오래된 정글을 걷고 잠도 자고, 인도양에서 다이빙을 할 거예요. 보르네오에 있는 산에 오르고, 나무 위에 사는 달팽이가 세상을 창조했다고 믿는 부족 사람들을 만날 거예요. 짧은 2주일을 보낸 후에는 다시 뉴욕으로 돌아오겠죠. 하지만 일 말고 나를 여기에 묶어두는 것은 없어요. 여행하고 글을 써서 돈을 벌 가능성이 없다면, 나는 이곳의 삶을 버릴 수 있을 거예요.

당신을 본 지 아주 오래 된 것 같아요. 당신이 보내준 크리스마스 카드 잘 받았어요. 거기에 적힌 짧은 시가 좋았어요. 당신은 사려 깊은 사람이에요. 나도 당신처럼 아무렇지 않게 연락할 수 있으면 좋겠지만, 내가 편지를 보내는 방식은 다분히 충동적이에요. 그래도 아예 연락하지 않는 것보단 낫겠죠. 불행히도 내가 소설을 쓰는 습관도 비슷해요. 그걸 고치지 않는다면, 빠른 시일 내에 새 책이 나오지는 못할 거예요.

나는 어수선한 새 집에 있고, 내 삶을 구성하는 물건들이 상자 안에서 나를 빤히 바라보고 있어요. 짐을 풀기 전에 먼저, 내가 당신을 알게 된 후로 쭉 간직해온 생각 하나를 풀어놓는 게 좋을 것 같아요. 이 역시 충동적인 짓이지만, 이젠 상관없어요.

오래 전 당신을 처음 만난 때를 기억해요. 우리는 xxx 대학교의 교내 신문사 발코니에서 대화를 나누고 있었죠. 이야기를 하던 중에 등허리의 털이 곤두서는 순간이 있었어요. 그때부터 나는 당신에게 뭔가를 느끼기 시작했어요. 나는 그때 샐리와 있었는데, 테이블 건너로 당신을 바라보았던 걸 기억해요. 몇 초간 침묵이 흐르는 동안, 나는 완전히 다른 삶을 상상했어요. 그 삶에서 나는 샐리가 아니라 당신과 함께 있었어요. 마치 굉장히 아름답고 금지된 뭔가를 보고 있는 것 같았죠. 그래서 겁이 났죠. 샐리와 함께 있을 때는 그녀가 정답이라고 생각했어요. 정답이 두 개일 수는 없다고 생각했죠. 그래서 그냥 대화를 끝내버리고, 불쑥 일어나 뉴스룸으로 돌아갔어요. 그리고는 당신을 가까이 하면 안 된다고 나 자신을 타일렀어요. 왜냐하면 유혹이 너무나 클 테니까요. 내가 지금 아는 것을 그때 알았더라면, 그렇게 빨리 가버리지 않았을 거예요. 그러나 지금 아는 것을 알 시간이 필요했기 때문에, 그때는 그럴 수밖에 없었던 것 같아요.

솔직히, 나는 지금도 그 순간을 자주 생각해요. 5년 동안 그 생각이 떠나지 않았어요. 그건 아주 분명했으니까요. 당신이 그 일을 기억이나 하는지 혹은 당신도 뭔가를 느꼈는지 모르지만, 시간을 되돌릴 수는 없죠. 앞으로 또 5년 동안 그 생각을 할지도 모르고, 당신이 결혼을 하고 아이를 낳을 수도 있겠죠. 당신이 그 순간을 기억한다고 해도, 과거를 미화하는 것뿐이라고 생각할지 몰라요. 어쩌면 이미 그랬을지도 모르고.

당신 마음을 궁금해하는 데 진력이 났어요, 첼시. 여기 뉴욕에서 이방인 같은 기분으로 살면서, 아무런 모험도 하지 않고, 내키지 않지만 주어진 일을 하고, 3000마일 떨어진 곳에 있는 당신을 생각하는 건 너무 간단해요. 시애틀로 이사 가는 것에 대해 말한 적이 있죠. 진짜 이유는 당신과 가까이 있고 싶어서였어요. 하지만 나는 당신이 나를 어떻게 생각하는지 몰랐어요. 그리고 이 문제를 어떻게 돌파해야 하는지도 몰랐어요. 완전히 미친 짓 같았으니까요. 보통 남자라면 뉴욕에 있는 꽤 좋은 일자리를 버리고, 5년 전의 막연한 느낌을 따라 미국

반대편으로 이사하지는 않아요. 더구나 상대방이 어떻게 느끼는지도 전혀 모르면서요. 내게는 정말 미친 소리처럼 들렸어요. 그리고 당신에겐 더 미친 소리처럼 들릴까 봐 두려웠어요. 그런 말을 들으면 당신이 엄청 겁을 먹을 것 같았어요. 그리고 다정한 카드와 편지를 더 이상 받지 못할 거라고 생각했죠. 지금도 미친 짓을 하는 것 같은 느낌은 여전하지만, 당신이 이걸 읽고 무슨 생각을 할지는 하나님만이 아시겠죠. 하지만 나는 이런 감정을 파헤치지 않고 그냥 흘려보내는 것이 훨씬 더 미친 짓이라고 생각해요.

그렇게 된 거예요. 내가 그동안 싸매고 다닌 커다란 짐을 이제 풀어 놓았어요. 이 일을 아는 사람은 우리 둘의 친구 에릭뿐이에요. 2년 전에 내가 당신에게 뭔가를 느꼈다고 말했거든요. 그는 이미 짐작하고 있었다더군요. 그를 존중하지만, 그의 의견은 중요하지 않아요. 오직 당신 생각만이 중요해요. 내가 알고 싶은 건 당신이 그 순간을 기억하는지, 당신도 그 순간에 똑같은 것을 느꼈는지, 또 그 일에 대해 궁금했던 적이 있는지……

그런 것들이에요.

새해 복 많이 받아요, 첼시. 새해에는 일과 사랑은 물론이고, 당신에게 중요한 모든 것들을 이루길 빌어요.

제이슨

P.S. 혹시 나를 친구로서만 생각한대도 걱정하지 말아요. 나는 항상 당신 친구로 남을 거예요. 당신이 내 가족과 자지만 않는다면요.

January 21, 1997

Dear Jason,

Wow.

Just read your letter. (I've been out of town for two weeks and had to dig it out of a box teeming with bills and junk mail at the post office.) It's only been a few hours and I am still a little giddy, so please excuse me if I ramble.

My Turn: Of course I had a crush on you all the time we knew each other. (It had to have been at least somewhat obvious.) I always felt very connected to you, as if there was something unspoken that we shared on some level. I always enjoyed our talks at the ▨▨▨, but the "moment" for me happened when we were sitting on the balcony at the Pub discussing the war in Bosnia. Somewhere amidst all that talk of genocide, rape and pillage, a piece of my heart gave itself to you. But you were with Sally, (who always impressed me), and so I pushed the idea out of my mind. Then, when Sally was gone, you were in New York and I was in Portland — interesting though, that we both had in mind the same reason for you moving to Seattle.

You were very brave and honest to write me that letter. I am so totally impressed. I think that we are very much alike in some basic way that doesn't present itself all that often. (You know, brilliant, savvy, profound.) And yet, you are still in New York and I am still in Portland. So what do we do now?

I would love to see what could happen with us. (Two weeks together and we might never want to see each other again.) But I can't make any promises or guarantees. (Wow, Jason, it's hard to believe that we are talking about this after all these years — Which one of us will get rights to the teleplay?) This does seem a bit out of the blue since the most I've hoped for from you lately is a postcard and I had just about given up on that. But if I've learned anything in the past year, it's that life is peculiar and following your heart it the only way to find yourself anywhere the least bit interesting.

Anyway, I've run out of things to say. Or rather, I'm at a loss for words.

But I do want to go on the record saying that what ever happens between us, now, or soon, or even in five years when I'm married and have those kids, I want us to always always be (at least) good friends. Okay?

Write me back soon.

Yours,

Chelsea.

P.S. I'm going to have to eviscerate Eric for being so goddamn good at keeping secrets.

1997년 1월 21일

제이슨에게

세상에.
지금 막 당신 편지를 읽었어요(2주 동안 어딜 좀 갔다 왔는데, 우체국에서 청구서와
광고우편으로 가득 찬 상자 속에서 당신 편지를 꺼냈어요). 편지를 읽고 나서 한두 시간이
지났는데, 아직도 좀 어지러워요. 그러니 횡설수설해도 이해해줘요.

내가 털어놓을 차례군요. 나도 우리가 알고 지내는 동안 늘 당신에게 마음이 있었어요.
항상 당신과 아주 밀접하게 연결된 느낌이었죠. 말로 한 적은 없지만, 서로 공유하는 무엇이
있었다고 할까요. 우리가 xxx에서 나누었던 대화들이 항상 좋았어요. 그러나 내게 '그 순간'은
펍 발코니에 앉아서 보스니아 전쟁에 대해 토론할 때 찾아왔어요. 인종 청소, 강간, 약탈에
대한 이야기 중간의 어디쯤에서, 내 심장의 한 조각이 당신에게 넘어갔어요. 그러나 당신은
샐리와 함께 있었고(난 항상 샐리에게 감탄했죠), 그래서 나는 그 생각을 애써 밀어냈어요.
그러고 나서 샐리가 떠났을 때, 당신은 뉴욕에 있었고 나는 포틀랜드에 있었죠. 하지만
당신이 시애틀로 이사 오는 것에 대해 우리 둘 다 같은 생각을 하고 있었다니 흥미롭군요.

그런 편지를 쓸 생각을 하다니, 당신 아주 용감하고 솔직했어요. 정말 인상적이었어요.
우리는 어떤 면에서 기본적으로 아주 비슷한 것 같아요. 그리 자주 드러나지는 않지만요
(머리 회전이 빠르고 상식적이며 진지한 면 같은 거요). 하지만 당신은 여전히 뉴욕에 있고
나는 포틀랜드에 있어요. 그러니 우리가 뭘 어쩌겠어요?

우리에게 어떤 일이 일어날 수 있을지 궁금해요(2주 동안 같이 있고 나서 꼴도 보기 싫어질지
모르죠). 하지만 나는 어떤 약속이나 보장도 할 수 없어요(와, 제이슨. 우리가 그 오랜 세월을
보내고 지금 이런 이야기를 하고 있다니 믿어지지 않아요. 우리 중 어느 쪽이 왔다 갔다 하게
될까요?). 최근에 내가 당신에게 가장 원했던 건 엽서 한 장이었고, 기다리다가 포기한 지도
얼마 안 되었어요. 그래서 이런 상황이 좀 갑작스럽게 느껴져요. 하지만 작년 한 해 나는
인생이란 워낙에 유별난 거고, 마음의 소리를 따르는 게 자신을 발견할 수 있는 유일한
길이라는 걸 배웠어요.

어쨌든 이제 더 할 말이 없어요. 아니 뭐라고 말해야 할지 모르겠어요. 하지만 지금 혹은
조만간 우리 사이에 무슨 일이 생기든지, 혹은 5년 안에 내가 결혼을 해서 아이를 갖게
되더라도, 우리가 항상 좋은 친구로 남길 바라요(물론 그 이상이 될 수도 있구요). 알겠죠?

곧 답장 줘요.

첼시

P.S. 에릭이 그토록 깜짝하게 비밀을 잘 지키다니, 살짝 족쳐야겠어요.

First off, I would like to apolosize again for the event this summer. I realice I should have said something sooner instead of dropping it on you at the end of a great weekend. I'm sorry. You know it seems I have been in the doghouse since I met you. May be one of these days I will somehow redeem myself.

우선 이번 여름에 있었던 일을 다시 한 번 사과하고 싶어.
멋진 주말을 보내고 나서 뭐하자고 당신한테 그 이야기를 했을까.
그럴 게 아니라 좀 더 빨리 말했어야 했는데. 미안해.
우리가 만난 이후로 난 줄곧 당신을 화나게만 한 것 같아.
언제 날 잡아서 내 잘못을 만회할게.

당신

you

그리 멀지 않아요
it's not that far

나

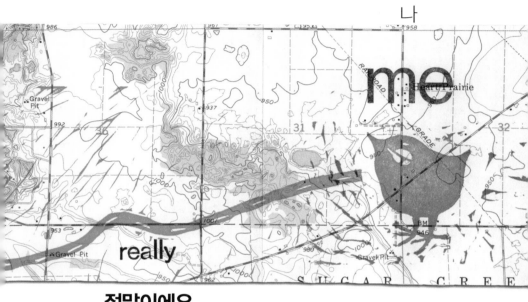

me

really

정말이에요

Date: Tue, 20 Jan 2004 15:25:05 -0400
To: Jonathan
Subject: Re: Confession

Sweet Jonathan,

I cried when I read your note, so brave and clear it
pierced my heart. I am honored, awed and deeply moved by
your love--gentle and soft as first snow, fierce and
unshakeable as steel.

Any doubts I had about the authenticity or depth of your
feelings for me are erased by your letter. Even via e-mail
I could see it was signed in blood, from your truest self
to my truest self. I believe every word and I trust that if
I meet you in this place of love, you will do whatever it
takes
To be with me.

It is easy, tempting, to let your feelings for me become my
feelings for you. They are powerful and I am a sponge.
Instead, I need to continue to discover my own feelings for
you and share them as they emerge.

Time together will help me know more, but for today, know
that I miss you.

With a long, long hug,

보낸 시간: 2004년 1월 20일 화요일 15:25:05 −0400
받는이: 조너선
제목: Re: 고백

사랑스런 조너선에게.

당신이 쓴 편지를 읽고 울었어. 당신 말이 어찌나 늠름하고 명쾌한지, 심장에 구멍이 뚫린 것처럼 찌르르했어. 당신에게 사랑받는 게 영광스럽고 경외심까지 느껴졌어. 정말 깊이 감동받았어. 당신의 사랑은 첫눈처럼 부드럽고 은은하고, 강철처럼 강인하고 확고해.

당신 편지를 읽고 나선 나에 대한 당신의 감정이 진실한지, 또 얼마나 깊은지 의심했던 마음이 다 없어졌어. 당신이 보낸 건 이메일이었지만, 마치 피로 서명한 편지 같았어. 당신의 진심이 나의 진심에 닿았어. 난 당신이 쓴 단어 하나하나를 다 믿어. 만약 우리가 사랑이란 걸 하게 된다면, 당신이 내 곁에 있기 위해 무엇이든지 할 거라는 걸 믿어.

나에 대한 당신의 감정을 당신에 대한 나의 감정으로 만들어버리면 간단하겠지. 또 그러고 싶은 유혹이 생기는 것도 사실이야. 그런 감정은 아주 힘이 세고, 나는 스펀지 같은 여자니까. 하지만 나는 당신에 대한 나의 감정이 무엇인지 계속 알아내야 해. 마음속에서 그런 감정이 떠오를 때마다 당신에게도 알려줄 생각이야.

같이 시간을 보내다 보면 더 많이 알게 될 거야. 일단 오늘은 당신이 그립다는 것만 알아줘.

오래오래 안아주고 싶다.

1939년 2월 20일 월요일

달링,
밸런타인데이 선물 정말 고마워요. 당신의 선택을 보면, 항상 취향이 뛰어나요. 정말로 근사했어요, 달링.
그리고 그런 선물을 해준 당신도 근사해요.

오, 달링. 난 당신이 언젠가 크게 성공할 거라고 생각해요. 이유는 잘 모르지만 어쩐지 당신이 든든하고
믿음직스러워요. 난 그저 당신과 함께 그 '성공'을 조금 나눌 수 있으면 좋겠어요. 어떤 사람들은 아무런
야망이나 아이디어 없이 인생을 살아가지요. 그런데 당신에겐 그런 것들이 가득 있어요. 당신의
새 아이디어는 아주 대단한 것 같아요. 여우 농장이나 장터, 캠프 아이디어보다 훨씬 좋아요. 물론 그것들도
아주 좋았지만요. 이상한 나라의 앨리스나 마더 구스˚ 테마로 꾸민 아이들 옷가게라니, 정말 근사한
아이디어예요. 일단 새롭잖아요. 지금은 참신한 아이디어나 뭔가 좀 '다른' 게 먹히는 시대인 것 같아요.
아이들 상품은 항상 수익이 쏠쏠한 사업이죠. 어쨌든 부모는 자기 자식한테 인색하지 않으니까요. 그러나
(언제나 '그러나'가 있죠) 이런 가게는 대충대충 차릴 수 없기 때문에 자본금이 엄청나게 많이 들 거예요.
그게 가장 큰 단점이에요. 난쟁이를 직원으로 쓴다는 아이디어는 그다지 현실적이지 않아요. 눈길을 끌
만한 볼거리로 한두 번 쓸 수도 있겠지만, 정규 직원은 젊은 아가씨여야 해요. 그리고 아기용품 가게는
임산부 코너에서 가장 이익이 많이 난다는 걸 기억해요. 꼭 미니어처로 꾸밀 필요는 없을 거예요.
하지만 달링, 나는 굉장한 아이디어라고 생각해요. 그리고 당신이 그런 생각을 할 만큼 꼼꼼한 사람이라는
게 정말 대단하게 느껴져요. 확실하게 정해진 것이 있나요? 있으면 나한테도 알려줘요, 달링.
당신 아이디어를 내게 털어놓다니, 정말 뿌듯해요. 근데 우리가 같이 의논을 한다면 굉장한 것이
나오지 않을까요?

● 구전되는 동시들의 저자로 알려진 가상의 인물

남자는 30대 중반으로 청바지, 부츠 등 서부 생활에 필요한 물품을 취급하는 외판사원이었다. 어느 날 그는 콜로라도 트리
니다드의 한 가게에 영업을 하러 들어갔다. 그는 카운터에 눈부시게 아름다운 젊은 여성이 일하고 있는 걸 보고, 영업을 하
는 대신 콜라를 마시자며 데이트를 청했다. 두 사람은 남자가 다시 길을 떠나기 전까지 짧은 데이트를 두 번 했다. 그중에 한
번은 연못으로 보트를 타러 갔는데, 여자는 연못가에서 작은 돌을 기념으로 주웠다. 남자는 계속해서 출장을 다녔고, 두 사
람의 연애는 거의 편지로 진행되었다. 두 사람은 1939년에 결혼했고, 남자가 2001년에 먼저 죽을 때까지 열렬하게 사랑했
다. 2년 후 여자는 그 옛날 보트 여행에서 주워온 돌과 함께 땅 속에 묻었다.

Monday
February 20th, 1939

Darling:

Thanks so much for your Valentine gift. Your selections
are always in the very best of taste. It really was swell,
darling, and swell of you to send it.

Si, dear, I just know that some day you are going to be
very successful. I don't know why, but somehow I have all
the faith in the world in you. I only wish that I could in
some measure be sharing that "build up" with you. Some people
go through life without having any ambition or ideas, and you
are full of them. Your new idea sounds grand -- much better
than a fox farm or even the Trading Post and camp idea which
was very good. Your idea for having a children's wear store
with a sort of Alice in Wonderland or Mother Goose set-up
is just swell because it is novel, and this seems to be an
age when novel ideas or anything that is just a bit "different"
goes over big. Children's merchandise is always a profitable
business because no matter what, parents won't skimp on their
children. BUT (there always has to be a but) an idea like
this would take an awful lot of capital for it couldn't be
put over in half measures. That is the main drawback. The
idea of having midgets as clerks isn't so very practical.
You might have one or two as a special attraction, and the
regular clerks just petite girls. And then I've always
understood where baby stores made their most profits was
in the department for expectant mothers and that wouldn't
necessarily have to be in miniature. But darling I think
it is a grand idea and I think you are simply marvelous
for being wide-awake enough to think of it. Did you have
anything definite in mind? Let me know what is what, dear.

I really feel very proud that you let me in on your ideas.
Wouldn't it be marvelous if we could be talking them over
instead? //

Dear Dan,

It's taken long enough for me to finally get down to writing this to you. I don't want it to be too shallow, nor too melodramatic or sappy. So... here I go. Just bear with me.

I never expected to find some one that meant so much to me in such a short period of time. It feels funny, almost like a belly-ache... and it feels great. This is all so new, but it seems just right, like everything is in its right place.

I haven't had any particular feelings for anyone in such a long time. Now there's all these emotions that coming over me in rushes. I want you to know that if I ever feel the least bit hesitant, I'm just sort of afraid, trying to sort everything out. I can't believe that something so wonderful is actually so real.

The time I spent with you wasn't just "fun." A word like that doesn't even come close to describing what happened between us. It was all so natural, so O.K. Whenever I used to be with anyone it always felt sort of wrong, almost ~~the~~ dirty. I never felt that good about it. But this time it ~~was~~ so raw, so pure. Everything was perfect. You make me feel so comfortable with myself, with my self being with you. You've brought back the thumping heart-beat in me - when you feel your chest is just going to burst open. My breath heaves just when I look at you, look into you. That's never happened to me before. I've never expressed myself to anyone as I did to you.

I love ~~it~~ taking you in in all ways possible— looking at you, hearing you, smelling you, tasting you, feeling you. You are truly an amazing person.

I don't know how to end this. I refuse to speak of the future. In my little idealistic world, ~~I~~ everything stays as it is ~~so~~ right now. And I'm not sure what words I ~~should~~ should pick to sum everything up. I just wanted you to know that I feel very strongly for you.
Always & ever, Tanya Leigh

댄에게

마침내 이 글을 쓰게 되기까지 아주 오래 걸렸어.
너무 천박하거나 통속적이거나 구질구질하지 않으면 좋겠어. 어쨌든……
이제 말할게. 그냥 내 말을 들어줘.
그렇게 짧은 시간에 내 삶에 큰 의미가 될 사람을 발견하리라고는 기대하지
못했어. 재미있게 느껴져. 살살 배 아플 때랑 비슷하기도 하고.
어쨌든 기분이 좋아. 이건 아주 새로운 일이니까. 모든 게 제자리에 있는 것
같은, 딱 좋은 느낌이야.
나는 아주 오랫동안 누구에게도 특별한 감정을 느끼지 못했어.
그런데 지금은 그 모든 감정들이 정신없이 나를 덮치고 있어.
내가 머뭇거리고 있을 때는 그냥 좀 겁이 나서 상황을 정리하려고 애쓰는
중이란 걸 알아주면 좋겠어. 나는 이토록 멋진 일이 실제로 일어났다는 걸
믿을 수가 없어.
당신과 함께한 시간은 그냥 '재미있었던' 게 아냐. 그런 말로는 우리 사이에
일어난 일을 설명하는 데 어림도 없어. 내내 자연스럽고, 아주 좋았어. 나는
누군가와 함께 있을 때마다 뭔가 '잘못되었다'고 느꼈어. 거의 기분이 더러웠고
좋은 느낌이라곤 전혀 없었지.
하지만 이번에는 달라. 꾸밈이 없고 순수하게 느껴졌어. 모든 것이 완벽했지.
당신과 함께 있으면 나 자신이 완전히 편안해져.

당신은 내 안에서 심장이 쿵쿵 뛰는 소리를 되살려주었어.

가슴이 막 터져버릴 것 같을 때 느껴지는 그런 소리 있잖아.

당신을 바라보고, 당신을 들여다볼 때는 숨이 막힐 것 같아.

전에는 한 번도 일어나지 않았던 일이야. 나는 당신에게 한 것처럼,

다른 사람에게 내 자신을 표현해본 적이 없어.

나는 당신을 가능한 모든 방식으로 경험하는 게 좋아. 당신을 보고 듣고

냄새 맡고 맛보고 느끼는 게 좋아. 당신은 정말이지 놀라운 사람이야.

이 글을 어떻게 마쳐야 좋을지 모르겠는데, 미래에 대해서는 말하지 않을래.

작고 이상적인 나만의 세계에서는 지금 모든 것이 올바른 상태야.

이 모든 걸 간단히 요약하기 위해 어떤 말을 선택해야 할지 모르겠네.

그냥 내가 당신에게 매우 강렬한 느낌을 갖고 있다는 걸 알아주면 좋겠어.

항상, 언제나.

재니스 리

The man of your dreams,
perhaps not
maybe just one of the
many that have fallen
but for now I am
ridiculously happy
to be the one who
curls himself around you.

당신이 꿈에 그리던 남자는 아닐지 몰라도,
아마 당신에게 빠져버린 수많은 사람 중 하나일 테지만,
지금 당신 몸을 똘똘 말고 있는 사람은 나라는 거.
그 점이 말도 못하게 행복해.

Dear Eva—

My mom asked me if we were going to get married someday and she thought you were wonderful and would go far in life

Love, Terry

PS. I think you're wonderful too?

에바에게

엄마가 나중에 당신하고 결혼할 거냐고 물으셨어. 엄마는 당신이 멋진 사람이고 장차 크게 될 거라고 생각하셔.

사랑해.

테리

ps. 나도 당신이 멋지다고 생각해!

당신이 일하는 모습은 정말 보기 좋아. 그렇게 적극적인 당신을 보면 왠지 흥분돼. 정말 끝내주는 밤이었어. 앞으로도 그런 시간을 더 많이 보내고 싶어.

사랑해.

테리

ps. 내가 다시 당신 인생에 유일한 남자가 돼서 기뻐.

I ● like to watch you work because your assertiveness turns me on —
I had a fabulous night and I'm looking forward to many more

Love, Terry

P.S. I'm glad to be the only man green in your life again

Dear Lindsey,

I am so hating men right now.
Mart dumped me, because I lost my mind and had a weak flashback
moment with Miles. Then I dumped Jim for Aquaman. And then,
Aquaman dumped me for his beach house (not kidding!). He actually
said "I only wish I had met you after the summer." ????? What's
that supposed to mean?!!????

My feelings are so fucking hurt. I feel it in my arms and legs.
It's like my blood is sad. I feel so stupid for having hope, for
letting myself feel things for him, for calling when he wasn't
calling back. Total humiliation.
I hate feeling so weak and so vulnerable.
I hate that I miss him, that I miss Mart. I hate that I am alone.
I hate that I made him into a superhero he was not. (He dives for
ship wrecks and he has a delicious body, but he is NO aqua man.)
I hate that I bought him jumbo bags of peanut M&Ms because they
were his favorite.
I hate that I want to sleep all the time.
I hate that I even thought for a second about not moving to new
york because
of this.
i hate that i will see him in the gym.
i hate that he doesn't want to kiss me.
i hate that i called mart this morning just to hear his voice,
just to hear
him say he misses me.
i hate that all i want to do is read lame magazines and watch
daytime tv.
i hate that every time i cry over one boy it is like crying over
all of
them again.

린지에게

난 지금 미치도록 남자를 증오하고 있어.
마트가 나를 찼어. 내가 이성을 잃었는지, 마일스하고 살짝 옛날로 돌아갔다 왔거든. 그리고 나는 아쿠아맨* 때문에 짐을 찼어. 또 아쿠아맨은 해변 별장 때문에 나를 찼지(농담 아냐!). 그는 진짜로 이렇게 말했어. "여름이 끝난 후에 당신을 만났으면 좋았을 텐데." 이 남자, 뭐하자는 거야!!?????

　젠장. 난 완전 상처 받았어. 팔과 다리까지 아픈 것 같아.
　내 피도 슬퍼하고 있어.
　멍청하기 짝이 없는 나란 애는 희망을 가졌고, 그에게 마음이 가는 대로 내버려두었고.
　그가 전화하지 않는데 전화를 했어. 정말 자존심 상해.
　이렇게 약하고 무방비 상태인 느낌이 싫어.
　마트를 보고 싶어 죽겠는 게 싫어.
　지금 혼자인 게 싫어.
　실제로는 그렇지 않는데, 마트를 슈퍼히어로로 만들었던 게 싫어(그는 바다에 들어가 난파된 배의 잔해를 건지는 일을 해. 먹음직한 몸을 가지긴 했지만 아쿠아맨은 아냐).
　마트가 제일 좋아하는 피넛 M&Ms 큰 봉지를 사줬던 게 싫어.
　요즘 계속 잠만 자고 싶은 게 싫어.
　이 일 때문에 뉴욕으로 이사하지 않았다는 생각을 잠깐이라도 했던 게 싫어.
　헬스클럽에서 마트와 마주칠 게 싫어.
　마트가 나랑 키스하고 싶어하지 않는 게 싫어.
　오늘 아침에 그냥 목소리를 듣고 싶어서, 보고 싶다는 말을 듣고 싶어서 전화했던 게 싫어.
　한심한 잡지를 읽고 대낮에 TV 보는 것 말고는 아무것도 하기 싫은 게 싫어.
　한 남자 때문에 울 때마다, 모든 남자들 때문에 다시 우는 것처럼 느껴지는 게 싫어.

　● 만화에 나오는 근육질의 슈퍼히어로 캐릭터

DCCCCXVI.

DE L'AIR

THÉ NIEY

I LOVE YOU

젠티아나 니발리스, 고산지대에 사는 작은 용담   Gentiana nivalis.   Small Alpine Gentian.

E. B. 896.

Reasons Why I Love Kay

I can be myself when I am with you.

Your idea of romance is very simple; dim light and just the two of us.

Because you make me feel like I have never felt before.

I can tell you anything, and you won't be shocked.

Your undying faith in me is what keeps the flame in our love alive.

We're a perfect match, we compliment each other.

Thinking of you fills me with a wonderful feeling.

Your love gives me the feeling that the best is still ahead.

You have never given up on me, even through so many trying times.

You are simply irresistible physically, I love your body.

I love you because you bring the best out of me.

Your terrific sense of humor, you make me laugh.

Every time I look at you, I get such a warm feeling inside.

You're the one who holds the key to my heart.

You always say what I need to hear.

You have taught me the true meaning of love.

You are always in my dreams.

You always tell me what I Love.

Your smile is so genuine.

You cry at happy and sad movies.

You are the most intelligent person I know.

You are so generous.

You always put me before you.

You are always thinking of our health.

You are so funny when you drink "Cosmopolitans"

You live the "4-S" lifestyle.

I love your energy.

You have a passion for life.

Your philosophy is Faith, Family and Friends.

You are passionate about your work.

I love your need to be pampered.

I love your "Dizzy Blondeness".

You are a home body... you love the simple things in life.

You love making love with me.

I love your Heritage.

You Love to laugh

I love it when you sing......especially "Come Out, Come Out"

I love your little sayings such as "Where Was I"

I love your telephone calls.

I love having been in Little Theatre with you.

I love it when you are having fun with friends when I can't be with you.

I love you being Blue Blood...having small wrists and ankles.

I love when you are proud of me.

I love you to love Mr. Lesters.

I love the little surprises you give me.

I love you to like holding my hand and hugging me in public.

I love when you give me the "Breaking News".

I love when you e-mail me interesting sites and articles.

I love when you sing "Say Gentlemen"

I love you great memory.

I love your love for reading.

I love when you use all of your products.

I love that you are an Educator.

I love that you have been widely recognized in your Profession.

I love when you say that I'm a Tedium.

I love your daily e-mails to the family.

I love your poetry.

I love that you are so good to your friends.

I love that you are always Stylish.

You don't get upset when I want to watch sports.

You ask me if I would like to play black-jack at times.

I love your beautiful eyes.

I love how you look at me with those eyes.

I love your thoughtfulness.

I love your tenderness.

I love the way we love so many of the same things.

I love your demand for respect without being controlling.

I love how you would do anything in the world to make me happy.

I love your voice.

I love the way you say "I'm getting ready D".

I love the completeness and oneness I feel when we make love.

I love your sensuality.

I love the way you protect me and defend me.

I love your soft skin.

I love waking up with you at my side.

I love your passion for yoga, skating and walking.

I love the way you inspire me to be more than I am.

I love that we will grow old together.

I love the way you look when you are sleeping.

I love your way with words.

I love that you think I'm smart.

I love that you share everything with me, especially your heart.

I love your strength of character.

I love when we soak together.

I love your little love notes.

I love the way you take care of me.

I love that you can "Raw and Steam"

I love your confidence.

I love that you depend on me.

I love how you love our children.

I love that you want to be with me.

I love our "Dates Together"

I love that you've learned how to scratch my back.

I love that you call me "D".

I love when you ask me to sing "Put Your Head on My Shoulder"

I love your Honesty.

I love you when you write on me with your finger.

I love when you tell me I'm handsome.

I love that you love me.

내가 케이를 사랑하는 이유

당신과 있으면 내가 나 자신일 수 있어서 좋아요.
당신이 로맨스에 대해 단순한 생각을 해서 좋아요. 은은한 조명,
그리고 우리 둘……
당신은 내가 한 번도 느껴보지 못한 감정을 느끼게 해줘서 좋아요.
당신에겐 무슨 말이든 할 수 있고, 무슨 말을 해도 당신이 충격 받지 않을
거라서 좋아요.
당신의 영원한 믿음이 우리 사랑의 불꽃을 타오르게 해서 좋아요.
당신과 내가 완벽한 짝이고, 서로를 칭찬하는 게 좋아요.
당신 생각을 하면 알 수 없는 벅찬 감정이 느껴져서 좋아요.
당신의 사랑은 아직 최고가 남아 있다는 느낌이 들어서 좋아요.
당신이 수많은 위기에도 불구하고 한 번도 나를 포기하지 않아서 좋아요.
당신의 거부할 수 없는 몸이 좋아요. 당신 몸을 사랑해요.
당신은 내가 최선의 모습을 보일 수 있게 해줘서 좋아요.
당신이 어처구니없는 유머 감각으로 나를 웃길 때가 좋아요.
당신을 바라볼 때마다 마음이 훈훈해져서 좋아요.
당신이 내 마음으로 들어오는 열쇠를 쥔 사람이라서 좋아요.
당신이 항상 내가 들어야 할 말을 해줘서 좋아요.
당신이 내게 사랑의 진정한 의미를 가르쳐서 좋아요.
당신이 항상 내 꿈에 나오는 게 좋아요.
당신이 항상 내가 무엇을 사랑하는지 알아서 좋아요.
당신 미소는 진짜라서 좋아요.
당신이 행복한 영화와 슬픈 영화를 보고 눈물을 흘리는 사람이라서 좋아요.
당신은 내가 아는 가장 지적인 사람이라서 좋아요.
당신은 마음이 아주 넓어서 좋아요.
당신이 항상 자신보다 나를 우선으로 생각해서 좋아요.
당신이 항상 우리의 건강을 신경 쓰는 게 좋아요.
당신이 코스모폴리탄을 마시면 아주 재미있어져서 좋아요.
당신이 4-s 라이프스타일대로 사는 게 좋아요.
당신의 에너지가 좋아요.
당신이 삶에 열정을 갖고 있어서 좋아요.
당신의 철학이 신앙과 가족과 친구인 게 좋아요.
당신이 일에 열심인 게 좋아요.
당신이 응석 부릴 때가 좋아요.
당신의 아찔한 금발이 좋아요.
당신이 집에 있는 시간을 즐기고 삶에서 단순한 것들을 사랑하는 게 좋아요.
당신이 나와 사랑 나누는 걸 즐거워해서 좋아요.
당신이 선천적으로 물려받은 것들이 좋아요.
당신이 잘 웃어서 좋아요.
당신이 노래 부를 때가 좋아요. 특히 "컴 아웃, 컴 아웃", 그 노래요.
당신이 "내가 어디 있었지?" 같은 귀여운 말을 할 때가 좋아요.
당신이랑 통화하는 게 좋아요.
당신과 소극장에 갔던 일을 생각하면 좋아요.
당신은 내가 같이 있어주지 못할 때 친구들과 재밌게 지낼 수 있어서 좋아요.
당신이 귀티 나는 사람인 게 좋아요. 손목과 발목이 어찌나 가느다란지……
당신이 나를 자랑스러워 할 때가 좋아요.
당신이 미스터 레스터스 식당을 맘에 들어 해서 좋아요.
당신이 나를 약간 놀라게 할 때가 좋아요.
당신이 사람 많은 데서 내 손을 잡거나 안아줄 때가 좋아요.
당신이 내게 '특종'을 전해주는 게 좋아요.
당신이 이메일로 흥미로운 사이트와 기사를 보내주는 게 좋아요.
당신이 "세이 젠틀멘" 노래를 부를 때가 좋아요.
당신의 기억력이 비상해서 좋아요.

당신이 책읽기를 사랑해서 좋아요.
당신이 가진 물건을 모두 사용하는 게 좋아요.
당신이 가르치는 사람이라서 좋아요.
당신이 일에서 인정받는 게 좋아요.
당신이 나더러 따뜻한 사람이라고 말할 때가 좋아요.
당신이 매일 가족들에게 이메일을 보내는 게 좋아요.
당신의 시가 좋아요.
당신이 친구들에게 잘해주는 게 좋아요.
당신이 항상 세련된 사람이라서 좋아요.
당신은 내가 스포츠 경기를 보고 싶을 때 화내지 않아서 좋아요.
당신이 가끔 블랙잭을 하고 싶으냐고 물어줘서 좋아요.
당신의 아름다운 눈과 그 눈으로 나를 바라보는 눈길이 좋아요.
당신의 사려 깊은 성품이 좋아요.
당신의 부드러움이 좋아요.
우리가 수많은 것들을 똑같이 사랑하는 게 좋아요.
당신은 휘어잡히지 않으면서 존중을 요구하는 게 좋아요.
당신이 나를 행복하게 해주려고 뭐든지 하려는 게 좋아요.
당신 목소리가 좋아요.
당신이 "나 준비됐어, D"라고 말하는 게 좋아요.
당신과 사랑을 나눌 때 느껴지는 완전함과 하나 된 기분이 좋아요.
당신의 관능이 좋아요.
당신이 나를 보호하고 방어해주는 게 좋아요.
당신의 매끈한 살결이 좋아요.
당신 옆에서 함께 잠을 깨는 게 좋아요.
당신이 요가, 스케이트, 산책을 즐기는 게 좋아요.
당신이 내가 현재 상태에서 발전할 수 있도록 자극해줘서 좋아요.
당신과 함께 늙어갈 거라는 사실이 좋아요.
당신이 잠잘 때 모습이 좋아요.
당신이 말을 하는 방식이 좋아요.
당신이 내가 똑똑하다고 생각해서 좋아요.
당신이 나와 모든 것, 특히 당신 마음을 공유해서 좋아요.
당신의 강한 성격이 좋아요.
당신과 함께 물에 몸을 담글 때가 좋아요.
당신의 사랑이 담긴 짧은 메모가 좋아요.
당신이 나를 돌봐주는 게 좋아요.
당신의 솔직함과 흥분하는 성격이 좋아요.
당신의 자신감이 좋아요.
당신이 나를 의지해서 좋아요.
당신이 우리 아이들을 사랑해서 좋아요.
당신이 나랑 있고 싶어해서 좋아요.
당신과 하는 데이트가 좋아요.
당신이 내 등을 잘 긁어줘서 좋아요.
당신이 나를 D라고 부르는 게 좋아요.
당신이 "내 어깨에 머리를 기대요"라는 노래를 불러달라고 할 때가 좋아요.
당신의 정직함이 좋아요.
당신이 내 몸에 손가락으로 글씨를 쓸 때가 좋아요.
당신이 내가 잘생겼다고 말해줄 때가 좋아요.
당신이 나를 사랑해줘서 좋아요.

돈과 케이는 24년간 결혼생활을 했다. 돈이 이 글을 쓰고 나서(아니, 케이를 위한 선물로 '창작'하고 나서) 얼마 안 되어,
케이는 고속도로에서 자동차 사고로 죽었다.

I WANT
SO

YOU
BAD

당신을 간절히 원해요.

I think I enjoy being single. I was very lonely for a long time after we went separate ways. I missed the emotional pulls and pushes, the physical caresses and kisses, and the intellectual challenges you gave me. I've stumbled more than once without you to hold me up. And there've been many times when I've had something to share and no one to share it with. I haven't met anyone who comes close to you. And, I too think maybe someday...But, I also know that I'm growing in ways I couldn't have grown with you. It's hard to see sometimes, but I know it's true. And I know you too are growing in ways you couldn't have with me. If we're not growing, we couldn't grow together and would have been living a lie. If we reunite let's do it when we are both flourishing not despairing.

I am considering pursuing journalism grad school. I plan on at least taking the preliminary steps: studying for the GRE's, getting information from Columbia, Michigan, UNC, Madison, etc. If I go it will probably be a year from this September. I'm feeling old and would like to have some definite course of action by then. Your advice is well intended and well received, but, to take the attitude of someone I know who watches the sun set over the ocean, doing what you love is the most important thing of all. We'll see.

I enjoyed your letters and am sorry to respond so infrequently. I too think of you often. I feel very good about our relationship now. We're more supportive than ever right now and it feels very healthy. I wish you sweet dreams and happiness.

love always,

지금 나는 싱글 상태를 즐기는 것 같아. 우리가 각자의 길을 걷기로 한 후에 오랫동안 아주 외로웠지. 감정적으로 밀고 당기는 것, 서로의 몸을 어루만지는 것, 키스, 당신이 내게 주었던 지적인 도전 등이 그리웠어. 나를 지탱해주는 당신이 없어서 여러 번 비틀거렸어. 그리고 뭔가 나누고 싶은 게 있는데, 함께할 사람이 없을 때가 너무도 많았지. 당신 같은 사람을 아직까지 만나지 못했어. 어쩌면 앞으로도……. 하지만 여러 가지 면에서 나는 성장하고 있다고 생각해. 아마 계속 당신과 같이 있었더라면 그럴 수 없었을 거야. 때로는 혼란스럽기도 하지만, 그게 진실이라고 생각해. 그리고 당신도 나름대로 성장하고 있을 거야. 당신 역시 나와 헤어지지 않았더라면 그럴 수 없었을 테고. 우리가 성장하지 않았다면 상처는 아물지 않았을 거고, 거짓된 삶을 살았을 거야. 혹시 다시 합치더라도, 절망하고 있을 때가 아니라 우리 둘 다 잘살고 있을 때 하자.

저널리즘 대학원 과정을 시작할까 생각 중이야. 적어도 준비는 해볼 참이야. GRE 공부부터 시작하고 컬럼비아, 미시간, UNC, 매디슨 등에서 정보를 구해보려고. 만약 대학원에 가게 된다면, 올해 9월부터 1년간 다니게 될 거야. 나이도 적지 않으니, 적어도 그때까지는 확실한 노선을 정하고 싶어. 당신이 좋은 의도에서 한 말이라는 거 알고, 조언 고맙게 잘 받았어. 내가 아는 사람 중에서 바다 위로 지는 해를 볼 줄 아는 사람의 말을 들어보라고 했지. 하지만 내가 좋아하는 것을 하는 게 무엇보다도 가장 중요하다고 생각해. 어떻게 되는지 두고 보자.

그동안 당신이 보낸 편지들 잘 읽었어. 자주 답장하지 못해서 미안해. 나도 당신 생각 자주 해. 지금의 관계가 만족스러워. 우리는 그 어느 때보다도 서로에게 힘이 돼주고 있잖아. 아주 건강한 관계인 것 같아. 좋은 꿈 꿔. 그리고 행복하길.

언제나 사랑해.

...e. I hope this doesn't...like marrying...time and I'd love you, but I really...I'd want to get married...place — I can't imagine anyone else in your...want anyone else to hold me tight. I don't...do...like you

내가 만날 하는 소리라는 거 알아. 당신도 그렇고. 하지만 정말 진심으로 결혼하고 싶어.
당신 자리에 다른 사람이 있는 것을 상상할 수 없어. 그건 옳지 않고 다른 사람이 나를 만지는 건 싫어.

just remember Inbox

☆   to me   More options   Aug 10

just remember that as crazy as all this is, i've
gotten to see a little bit of who you are and i love
you. just for that. not for being anything. just
you.

xo

me

1X 💬)) 📶

(Sometimes i wish u
wuz pregnant with
my baby.

BACK   ≡ MORE

가끔 하는 생각인데,
당신이 내 아기를 가지면
좋겠어.

제목: 기억해줘

이 모든 게 미친 소리 같겠지만, 난 당신이 어떤 사람인지 조금 알게 되었고

당신을 사랑한다는 걸 기억해줘. 단지 그것 때문이야. 다른 이유는 전혀

없어. 바로 당신 때문이라고.

XO

205

Subj: **(no subject)**
Date: **10/2/2005 10:25:46 PM Pacific Standard Time**
From:
To:

Dearest Vicki:

Both of us know what tomorrow is and what it might be. Just in case it isn't what either of us really expects, it is important to me that you know that I love you. You have been so wonderful for me for the past 23 plus years and almost 20 full years as my wife. Thanks for all of it.

Love,

Bernard, Bunny et al.

제목: (제목 없음)
보낸 시간: 2005년 10월 2일 10:25:46 PM PST
보낸이: xxx
받는이: xxx

사랑하는 비키에게

우리 둘 다 내일이 무슨 날이고, 어떤 날이 될지 알고 있어요. 예상하지 못한 일이 일어날 경우를 대비해서, 사랑한다는 이야기를 하고 싶어요. 당신은 그걸 꼭 알아야 해요. 지난 23년 동안 당신은 내게 아주 좋은 사람이었고, 20년 동안 훌륭한 아내였어요. 당신이 해준 모든 것에 감사해요.

사랑해요.

버나드

남편은 수술받기 몇 시간 전에 만일의 경우를 생각하며 이메일을 썼다. 그는 무사히 회복되었고, 최근에는 결혼 21주년을 기념했다.

Suffice it to say I loved you was restless
at three days of watching you startle yourself with
your own reflection, this feeling my bones burning
like girls through the skin, you wanted to examine
and reflect and I wanted to roll around naked. I am
(that...)

지금은 사랑한다는 말만 해둘게요.
당신이 스스로의 인식 때문에 놀라는 걸 보고, 사흘 내내 불안했어요.
그림 위에 올라간 것처럼, 뼛속까지 타들어가는 느낌이었죠.
당신은 따져보고 곰곰이 생각하길 원했고, 난 그냥 벌거벗고 뒹굴고 싶었어요.

-----Original Message-----
Sent: Monday, January 30, 2006 10:17 PM
Subject: ramblings before bed

Hopefully you are fast asleep as I write this...I'm
sometimes really at a loss to figure out how we can get out
of our conflicts over the phone. I know that the primary
concern is my problem with sex. I of course have my own
concerns about the sex stuff (what it means for me...why it
interests me
etc...is there a way that I can be kinder to you outside of
a
moratorium....maybe not...so it's You vs Sex..decide!).
In addition I feel like our conversations easily become a
broken record with no way of either of us seeing a way to
move the needle, and start the song again or maybe just
skipping ahead to a new song. I also wonder about some of
your qualities at times and ultimately whether we can
manage or even should
manage a meaningful relationship. How compatable we are...
It feels like such work sometimes.

Having said all of that I always seem to be left with the
realization that we have this unusually intense soulmate
quality of love that really exists. When it is around, I
can see its power and wonder. It is hard to forget, I
doubt I ever will, but it does seem to hide...tonight is a
good example.

The good news is that our love seems to return with an
intensity that I can still remember when I first saw you
walking down the concourse in seattle. It happened last
weekend and I am confident it will return. Do you think
so?

원본 메시지
보낸 시간: 2006년 1월 30일 월요일 10:17 PM
제목: 잠들기 전에 주절주절

이 글을 쓰는 동안 당신은 빨리 잠들면 좋겠어. 당신이랑 통화를 하다가 갈등이 생기면 어떻게 풀어야 할지 통 모르겠어. 주로 섹스에 대한 내 태도가 문제라는 거 알아. 물론 나도 나름대로 섹스에 관심이 있어(섹스가 내게 무슨 의미가 있는지, 어떤 면에서 섹스에 끌리는지 따위를 생각할 때가 많아. 섹스 중단까지 가지 않고, 내가 당신에게 더 친절할 수 있는 방법이 있을까? 아마 없겠지. 그래서 난 당신과 섹스 중에서 결정해야 해!).

게다가 우리의 대화는 깨진 레코드판처럼 제멋대로 튈 때가 많아. 당신이나 나나 바늘을 옮겨서 처음부터 노래를 다시 시작하거나, 아니면 아예 새로운 노래로 넘어갈 방법을 알지 못하는 것 같아. 나는 이따금 당신 성격 중에서 몇 가지 것들에 의문이 생겨. 궁극적으로는 우리가 의미 있는 관계를 꾸려 나갈 수 있을지, 혹은 그럴 필요가 있는지도 의문이고. 우린 얼마나 잘 맞을까……, 그런 생각을 하다 보면 때때로 정말 힘들어.

그런데 항상 이런 생각 끝에는 우리가 특이할 정도로 강렬한 인연으로 맺어져 있음을 깨닫곤 해. 그건 실제로 존재해. 그게 나타나면, 나는 그 강한 힘과 경이로움을 느낄 수 있어. 그런 건 잊어버리기 힘들어. 앞으로도 잊을 것 같지 않지만, 가끔 숨어서 보이지 않는 것처럼 느껴질 때가 있긴 해.

오늘밤이 바로 그런 때야.

다행히 우리 사랑이 다시 진하게 돌아오는 중인 것 같아. 시애틀 공항 홀에서 당신이 걸어오는 모습을 처음 본 그때처럼 말이야. 난 지금도 다 기억나.

지난 주말에 그 일이 있었지. 난 우리가 예전처럼 될 거라고 확신해.

당신 생각은 어때?

Hi,

I agree with you about the familiarity of the
proceedings...this is the same conversation, more or less,
that we have been having for what is it? 2 1/2 years? It's
fucking awful. Not the least because it is always
destabilizing...it just never loses its bite. I am so, so
exhausted by it, literally and figuratively. Last night
was another classic example of insomnia over this impasse
on my end.

I don't have much else to say at the moment. I hope we can
work this out. It was so damn wonderful feeling so good
about our prospects. Let's try to reclaim it. We need to
figure something out, though, because I don't think I can
handle having this come up with such regularity.

원본 메시지
보낸 시간: 2006년 1월 31일 화요일 1:01 PM
제목: RE: 잠들기 전에 주절주절

안녕.
이런 식의 상황 전개가 익숙하다는 점에 대해선 당신에게 동의해.
우리가 그동안 해온 대화와 대체로 똑같잖아.
얼마나 됐지? 2년 반인가?
젠장, 정말 끔찍하군.
늘 불안정한 건 말할 것도 없고……,
아무튼 절대로 끝나지 않는다는 게 문제야.
난 정말 지칠 대로 지쳤어. 말 그대로는 물론이고, 비유적으로도 그래.
어젯밤엔 이런 난국을 어찌 해야 좋을지 몰라서 또 잠을 설쳤어.
지금으로선 별로 할 말이 없다. 우리가 이 문제를 잘 풀 수 있으면 좋겠어.
그날은 정말 끝내줬어. 앞으로 우리 관계가 잘될 것 같은 느낌도 들었어.
그걸 다시 되찾아보자. 어쨌든 우린 뭔가 해결해야 해.
이런 일이 반복되는 걸 감당할 자신이 없으니까.

Let me tell you what I wish. I wish that we could just both disappear from where we are now and be in a cuccoon. I wish I could spent every minute of what time I have left with you. I wish that I could just fall into you and dream the dream of pure love with you forever. I wish that I could make you feel things that you never knew existed. I would just want to be beside you, holding you and loving you. I have never felt this way in my life, and I think how ironic it is now that we are both entering the final quarter of our lives. Neither of us know how much time God has planned for us. I guess that is the scariest part to me. If I could somehow know that in 2, 3 5 or even ten years from now, He would arrange for us to be together, I could make it...but we don't get those kind of answers in life. Do we do what we both know is the right thing and hope that God will favor us? These are questions that I am yearning to know. It's been a long tough day for me, as I have been wrestling with these issues all day in my mind. I imagine in my fantasy world, what it would be like to come home to you each day. Would our life together get old after a while? It's hard for me to believe it would. After all it's been 30 years, and it's like we have both rediscovered the same feelings that existed so long ago, except now they are so much more intense. They have to be real and special and from our hearts where Christ resides.

내 소원을 말해볼 테니 들어보겠소? 지금 여기에서 사라져 누에고치 속에 쏙 들어가면 좋겠구려. 내게 남은 시간의 모든 순간을 당신과 보내고 싶다오. 그냥 당신 품에 폭 파묻혀서, 당신과 함께 영원히 순수한 사랑의 꿈을 꾸면 좋겠소. 당신이 존재하는지도 몰랐던 것들을 느끼게 해주고 싶고, 당신을 안고 사랑하면서 그냥 당신 옆에 있고 싶다오. 내 인생에서 이런 느낌은 처음이구려. 그런데 이제 우리에게 남은 시간이 별로 없다니, 이 얼마나 얄궂은 일인지! 하나님이 우리에게 얼마나 많은 시간을 계획해두셨는지 어찌 알겠소. 나는 그게 가장 겁이 난다오. 그 분이 지금으로부터 2년, 3년, 5년 혹은 10년…… 아무튼 얼마를 주실지 알 수만 있다면, 나도 거기에 맞출 수 있을 것 같은데. 하지만 인생에서 그런 종류의 해답은 얻을 수 없잖소. 그냥 옳다고 믿는 대로 살아가면서, 하나님이 우리 편을 들어주시길 바라야 하는 거요? 난 이런 질문의 답을 간절히 알고 싶다오. 오늘 하루는 아주 길고 힘든 날이었소. 하루 종일 머릿속에서 그런 질문을 잡고 씨름하느라 말이오. 나는 공상의 세계에서 맘껏 상상의 나래를 펼친다오. 매일 당신이 있는 집으로 돌아가는 기분은 어떨까? 얼마쯤 지나면 우리가 함께 지내는 생활이 덤덤해질까? 그런 날이 올 거라고는 좀처럼 믿기 힘들지만 말이오. 어쨌든 그동안 30년이 지났구려. 그런데 우리는 아주 오래 전에 존재했던 감정을 고스란히 다시 발견한 것 같소. 오히려 지금이 훨씬 더 강렬하지. 이 특별한 감정은 허구가 아니라오. 예수님이 계시는 우리 마음에서 나온 것이 틀림없소.

```html
<head>
<title> Valentines Day Card </title>
</head>

<body bgcolor="#FF000" text="FF00FF">

<SCRIPT language=javascript type="text/javascript">
    date="February 14";
    name="DanLee";
    you="my valentine";
    DanLee="you";
    if(date=="February 14")
    {
        if(name=="DanLee")
        {
            if(DanLee=="you")
            {
                if(you=="my valentine")
                {

                document.write("Happy Valentines Day");
                }
            }
        }
    }
//-->end of card
</SCRIPT>
</body>
</html>
```

214

해피 밸런타인 데이!

something happened in the last 8 months. you became my closest friend, but i also developed strong feelings for you. now you're gone, yet i still see you and think of you everywhere. i have to readjust to life without someone on whom i had relied pretty strongly for emotional support. it's shaping up to be quite a feat, seeing as your presence had helped me adjust to life here in the first place. whenever something was bothering me throughout the course of the day, i was always satisfied in knowing that i'd go home and see you and i'd feel better. that notion always helped me get through the day. this is probably coming as a shock to you, but just bear with me.

i had really started to get past this once you left in july. the first week was definitely a struggle. but then i went to boston and was doing fun things, so my mind started to be occupied. and by the time you came back from s. america and i spoke with you on the phone, i felt like i had gotten over you and you were just my very good friend, nothing more. and then i saw you again. and everything that was there came rushing back.

as sara said last night, not only is it difficult for me to handle change, i especially have difficulty going from "more to less": i had this very-close-to-ideal living situation, and now i suddenly don't. in addition to that, it's sometimes hard for me to see the forest for the trees -- i have much to focus on right now, and i now have the perfect opportunity to care for and tend to myself and my responsibilities and the things i want to do since i no longer have someone around whose well-being i sometimes considered before my own. but all i can see right now is the absence of you.

i also have trouble with the notion that i *need* to get over this. that just kills me. i don't understand why I should have to get over you. i keep telling myself that i have to and forcing myself to make it happen, but that just doesn't seem fair to me. i've spent the past few years of "growing up" realizing that i have to be much more guarded when it comes to men. i too easily allow myself to become emotionally open to men and start to care about them, some more than they have deserved. so i've really come to be much more selective. and here i found someone who is completely deserving of everything i have to offer, and we still can't be together. and i know that. definitely not now, probably not in the future either. but how is that right? what learning am i to take away from this? yes, i have a wonderful friend whom i look up to and from whom i have already learned so much. but i still don't know how to guard myself against this happening in the future. how can i start to emotionally guard myself from someone who seems so perfect for me?

I really do understand that nothing can be done with this on your part, and i don't really expect you to make it better or to respond in any certain way. it's probably almost better if you didn't. i just had to get it out. please know that i certainly don't feel in any way hurt by you -- you clearly have never hurt me. and i suspect that after reading this, you're probably inclined to want to fix it or make it better, which is a perfect example of what it is about you that i love so much. but i know it can't be fixed. it's just something with which i have to deal.

지난 8개월 동안 큰일이 일어났어. 당신은 나의 가장 가까운 친구가 되었지. 하지만 나에게 당신에 대한 또 다른 강한 감정들이 생겼어. 당신은 여기 없지만, 나는 여전히 어디에서나 당신이 보이고 당신을 생각해. 이젠 정서적으로 든든히 의지했던 사람 없이 살아가는 데 익숙해지려고 해. 다른 일을 이만큼 열심히 했다면 지금쯤 대단한 사람이 되었을 거야. 내가 처음 여기 와서 적응하는 데 당신의 존재가 큰 도움이 되었다는 걸 새삼 깨달았어. 일과 중에 성가신 일이 생길 때마다, 집에 가면 당신을 볼 거고 그럼 기분이 좋아질 거란 생각에 늘 마음이 편했어. 그런 생각은 언제나 하루를 버틸 수 있게 도와주었지. 이런 이야기, 당신에겐 엄청난 충격일 거야. 근데 그냥 날 좀 참아줘.

당신이 7월에 떠난 후로 난 이런 상황을 극복하기 시작했어. 첫 주는 완전히 투쟁이었지. 하지만 그 후에 보스턴에 가서 재미있는 일들을 했고, 그랬더니 정신을 딴 데로 돌릴 수 있었어. 당신이 남미에서 돌아와 전화를 걸었을 즈음엔, 다 극복한 것 같았고 당신이 아주 좋은 친구인 것처럼 느껴졌어. 친구로서의 감정밖에 없는 줄 알았지. 근데 당신 얼굴을 보자마자, 모든 것이 다시 시작되었어.

어젯밤 사라가 말했듯이, 나는 변화를 감당하기 어려울 뿐 아니라 특히 뭔가 많이 갖고 있던 상태에서 부족한 상태가 되는 걸 못 견디는 사람이야. 나는 거의 이상적인 환경에서 생활하다가, 갑자기 모든 걸 잃어버렸어. 게다가 나는 때때로 나무만 보고 숲을 보지 못해. 지금 내겐 집중해야 할 일이 많아. 사실 나 하나만 신경 쓰고 내 할 일만 챙기면 되는 완벽한 상황이지. 더 이상 나 자신의 행복보다 중요한 사람이 주위에 없기 때문에, 하고 싶은 일을 할 수 있는 최적의 기회야. 하지만 지금 내 머릿속엔 온통 당신이 없다는 생각뿐이야.

이런 상태를 극복해야 한다는 생각 자체가 날 힘들게 해. 아주 미치겠어. 왜 당신을 극복해야 하는지 이해를 못 하겠거든. 나는 그래야 한다고 계속 혼잣말을 하고, 실제로도 억지로 그렇게 하려고 노력하고 있어. 하지만 왠지 내게 공정하지 않은 것 같아. 지난 몇 년 동안 나는 남자에 관한 한 훨씬 더 방어적이어야 한다는 걸 깨달으면서 '성장'해 왔어. 나는 남자한테 쉽게 마음을 열고, 그들을 극진히 배려하는 경향이 있거든. 그들이 받을 가치가 있는 것보다도 더 많이 배려한다는 게 문제지. 그래서 나는 점점 더 깐깐한 여자가 되었어. 그러다가 내가 주고 싶은 모든 걸 받을 자격이 있는, 완벽한 사람을 발견한 거야. 그런데 우리는 함께 있을 수 없어. 물론 지금도 함께 있지 않지만, 아마 나중에도 그럴 수 없을 거야. 이런 일이 어떻게 옳을 수 있어? 이 일에서 나는 어떤 교훈을 이끌어내야 하지? 그래, 나한테는 내가 높이 평가하는 멋진 친구가 있고, 이미 그에게서 아주 많은 것을 배웠어. 그러나 나는 앞으로도 이런 일이 일어나면 나 자신을 어떻게 방어해야 할지 여전히 모르겠어. 완벽해 보이는 사람 앞에서 어떻게 나 자신을 정서적으로 방어할 수 있지?

당신 쪽에서 할 수 있는 일이 없다는 걸 아주 잘 알아. 당신이 이 상황을 개선하려고 무슨 노력을 하거나 어떤 식으로든 반응을 보일 거라 기대하지 않아. 아마 그러지 않는 게 더 나을 거야. 난 그냥 이 이야기를 꺼내지 않을 수 없었어. 어떤 식으로든 당신 때문에 상처 받은 건 아니니까 그건 제발 알아줘. 당신은 절대로 내게 상처를 주지 않았어. 아마 당신은 이 글을 읽은 후에 상황을 개선하거나 뭔가 잘못된 걸 고쳐야 한다고 생각할지도 몰라. 난 당신의 그런 성격을 너무나 사랑하지. 하지만 이건 고칠 수 없는 일이야. 그냥 내가 감당해야 하는 문제일 뿐이야.

you
m
me
fee

당신은 내가
자유롭게 느끼도록
해줘요!

ake

free!

7/31/02

I've been thinking a lot about our ~~is~~
arguments this summer. I thought I should
share my thoughts w/ you, since I always
advocate ~~as~~ complete honesty. We still have quite
a lot to learn about each other, especially why, how
and what we are thinking. While we aren't getting
along well, I think (and hope) that we are
growing more now than ~~XXXXXX~~
we ever have before

And just to let you know, I still sometimes
find myself staring at you and feeling that
God could not have crafted a more beautifully sweet
angel, and oh how undeserved I am when I hold you.

I love you,

이번 여름에 우리가 다툰 일에 대해서 많이 생각했어. 내 생각을 당신한테도 알려줘야 할 것 같았어. 나는 언제나 완전한 정직함을 지지하니까. 우리는 아직도 서로에 대해 알아야 할 게 많아. 특히 우리가 무엇을 어떻게 생각하고, 왜 그런 생각을 하는지에 대해서 배울 게 너무 많아. 지금은 별로 잘하고 있지 못하지만, 그래도 점점 더 나아질 거야. 또 그러길 바라고.

그리고 그냥 당신이 알았으면 하는 이야기가 있어. 난 아직도 당신을 물끄러미 바라보고 있으면, 하나님이 이보다 더 아름답고 달콤한 천사를 만들 수는 없을 거라고 느낄 때가 있어. 당신을 안을 때마다 내가 얼마나 부족한 사람처럼 느껴지는지 몰라.

사랑해.

hint hint

힌트 힌트

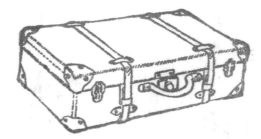

Visit

곧 갈게!

Soon!

Cheerio16: do you remember the first time I told you I love you?
Kloudnine1: in person?
Cheerio16: yeah
Kloudnine1: yeah
Cheerio16: when?
Kloudnine1: at my aunt's house in the driveway after our first date when we were dating
Cheerio16: when it was really col
Kloudnine1: cold?
Cheerio16: yeah :-)
Kloudnine1: i was wearing my green fleece
Cheerio16: and i remember driving back to her house talking
Kloudnine1: and the windows were all down
Cheerio16: and it was cold and windy
Kloudnine1: and it was easy
Cheerio16: yes
Kloudnine1: one of my clearest memories from last year
Cheerio16: one of many

Cheerio16: 내가 처음 사랑한다고 말했던 게 언제인지 기억해요?

Kloudnine1: 얼굴 보고 말한 거요?

Cheerio16: 네

Kloudnine1: 네

Cheerio16: 언젠데요?

Kloudnine1: 첫 데이트를 하고 나서 우리 이모 집으로 들어가는 진입로에서요.

Cheerio16: 정말 추웠죠.

Kloudnine1: 추웠다고요?

Cheerio16: 네 :—)

Kloudnine1: 나는 녹색 모직 옷을 입고 있었어요.

Cheerio16: 내가 이야기를 하면서 이모님 댁으로 운전하던 게 기억나요.

Kloudnine1: 창문은 모두 내려져 있었죠.

Cheerio16: 춥고 바람이 불었어요.

Kloudnine1: 편안했어요.

Cheerio16: 그래요.

Kloudnine1: 작년에 있었던 일 중에서 가장 또렷한 기억이에요.

Cheerio16: 많은 일들 중 하나였죠.

we're watching
Modern Marvels
Kisses

〈모던 마블스〉®를 볼 때 하는 키스

You're gonna
be mad
Kisses

자기가 화나려고 할 때 하는 키스

" My eyes are open "
Kisses

눈알이 휘둥그레지는 키스

EBAY

Need some knives?
Kisses

인터넷 쇼핑 중에 하는 키스

... and my favorite....

그리고 내가 제일 좋아하는……

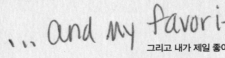

아침에 침대에서 하는 키스

"I'm awake"
Kisses

224

자기랑 하는 키스는
다 좋아.
and I love every one
of them.

1-19-98
MLK Day

Dear ⬛—

Thank you for your thoughtful letter. It took courage to write that.
I appreciate your sharing your thoughts with me, and I hope we
can speak more — and face to face. I apologize for not responding
sooner, but both work deadlines and my emotions prevented m
from doing so until now.

I am pleased that you feel so deeply for ⬛ and that you
care for her so much. It is not my intention to interfere with
your relationship and it's many dimensions — friendship, roman
companionship — except for one: intimacy. And there, on that
one level, I have concern for your choices and actions.

At the risk of causing you to shut me off, I must be
honestly blunt and let you know I think you are both makin
a huge mistake in the new direction you've chosen in
your relationship, and I don't see any good in it.
If you truly love ⬛, you would make it your top
priority to protect her and guard her from harm or
trouble. Instead you agree to an action that puts
her in a very dangerous place — she could be subject
to extreme physical and emotional consequences as a
result of your actions. She could be subject to discipli
actions by the school, which would lead to great hurt
and embarrassment not only for her but for her Dad
and for me. She could be subjected to ridicule by her
classmates (regardless of what you may think — kids
can be just as hypocritical as adults!). Why would
you want to put her in such a precarious position?
For your decision and actions could easily place her in
any of these situations.

True love always places the other first. If you truly love a ~~__~~ please put her ahead of your ~~own~~ own desires and wishes. Please do what is best for her. That is the mark of a selfless heart. I am not implying that you've made this decision on your own – I know you both talked and decided. But I am simply asking you to consider how much danger your actions place on her – much moreso than on you (think Biologically here, in particular).

True love calls for honor, self-sacrifice, and self-denial. Mature love is able to conquer this for the sake of the relationship. Immature love grasps for everything and thus – arms overfull – loses all in the end.

In your letter you say "I know that you and ____ have a great relationship and I don't want this situation to blemish it or deny me of having a relationship with you..." If you truly mean what you say, then you will have no trouble doing what I ask of you: <u>STOP.</u> Because if you continue, you will just keep hurting my relationship with ____ more and more —— it's already been paint blemished by your actions. And if you truly want to have a relationship with me (and I hope you do!) then again, the way to accomplish this is in one word: <u>STOP.</u> Do not continue the action you have taken – GO BACK! Stop and go back. That's all I ask. If you are able to do this, then I will know that you really do care for ____. If you

choose to ignore me, then I will know not to
trust you. The decision is yours. I am so hoping
to meet and talk with you more about this. I
know that probably sounds scary to you! But
how else can we understand each other if we
don't speak openly and honestly to each
other?

I hope you don't mistake my firmness for dislike.
I want to like you to understand you. But you
must remember one key thing: no one loves
        more than I do! So I am just very
concerned that you will do right by her, that
you will honor and care for her.

I wish you well. I wish you peace. I wish you
wisdom and God's deep grace. Like ripples on a pond
when you throw a stone — your actions affect all
in it's path. May your actions be brave and true.

With affection & Respect —

사려 깊은 편지 고맙네. 그렇게까지 자세히 쓸 줄 몰랐어! 자네 생각을 알려줘서 고맙네. 그리고 우리가 더 많이 이야기할 수 있으면 좋겠어. 서로 얼굴을 보면서 말이야. 더 일찍 답장하지 못해서 미안하네. 하지만 감정 상태도 그렇고 일도 바빴던 터라 이제야 답장을 쓰게 되었어.

자네가 xxx한테 깊은 감정이 있고, 또 그 애를 그렇게 많이 배려한다니 다행이네. 두 사람의 관계를 방해할 생각은 없지만 관계에는 여러 가지 차원이 있지. 우정, 로맨스, 동지의식……. 그런데 한 가지는 곤란하네. 육체적인 관계 말일세. 그 차원에 관해서는, 난 자네의 선택과 행동이 무척 염려되네.

자네가 날 밀어낼 위험을 무릅쓰고, 내 마음을 있는 그대로 솔직하게 말해야겠어. 나는 자네가 선택한 관계의 방향에 커다란 실수가 있으며, 바람직한 것이라곤 전혀 없다고 생각하네. 자네가 정말로 xxx를 사랑한다면, 자네는 그 애가 해를 입거나 곤란에 빠지지 않게 보호하는 것을 최우선으로 생각할 걸세. 하지만 자네는 그 애를 매우 위험한 입장에 놓이게 하고 있네. 그 행동의 결과로, 그 애는 신체적으로나 감정적으로 극단적인 결과를 얻을 수도 있네. 학교에서 징계를 받을 수도 있지. 그러면 그 애뿐 아니라, 그 애 아빠와 내게도 큰 상처가 되고 민망한 일이 일어날 거야. 그 애는 학급 친구들에게 웃음거리가 될 수도 있어(자네는 어떻게 생각할지 모르지만, 아이들은 어른 못지않게 위선적일 수 있다네!). 왜 자네는 그 애를 그런 불확실하고 위험한 지경에 빠뜨리려는 건가? 자네의 행동과 결정이 그 애를 쉽게 그런 상황에 빠뜨릴 수 있다네.

진정한 사랑은 항상 상대방을 먼저 생각하는 거라네. 자네가 xxx를 진심으로 사랑한다면, 자네의 바람과 소망보다도 그 애를 먼저 생각하게. 그 애에게 최선인 행동을 하게나. 그것이 이기심 없는 마음의 표시라네. 난 자네

혼자서 그런 결정을 내렸다고 나무라는 게 아니네. 두 사람이 이야기를 나누고 결정했다는 걸 알고 있어. 다만 자네의 행동이 그 애를 얼마나 많은 위험에 빠뜨릴지 생각해주길 부탁하는 걸세. 자네보다는 그 애에게 훨씬 더 위험한 결정이니 말이야(특히 생물학적 측면을 생각하게나).

진정한 사랑은 존중과 희생, 자기부정을 요구하지. 성숙한 사랑은 좋은 관계를 위해서 그 문제를 극복할 수 있다네. 미숙한 사랑은 모든 것을 움켜쥐려 하고 두 손이 넘치도록 끌어안으려다가 결국에는 모든 걸 잃는다네.

자네는 편지에서 내가 "xxx와 좋은 관계인 걸 알고 이런 상황 때문에 그런 관계에 흠집이 생기는 걸 원치 않으며" 나와 잘 지내는 걸 거부할 맘이 없다고 말했지. 정말 진심으로 그 말을 했다면, 내가 자네에게 요구하는 일을 하는 데 어려움이 없을 거라고 생각하네. 그만두게. 그 일을 계속한다면, 자네도 마음을 다칠 거고 나와 xxx의 관계는 훨씬 더 많이 상처를 입을 걸세. 이미 자네 행동 때문에 엄청난 흠집이 생겼다네. 그리고 자네가 정말로 나와 잘 지내길 바란다면(난 그러길 바라네!) 다시 한 번 말하지만 그렇게 할 수 있는 방법은 아주 간단해. 그만두게. 자네가 한 행동을 계속 진행하지 말고 예전으로 돌아가! 그만두고 그냥 돌아가면 되네. 내가 부탁할 건 그뿐이야. 자네가 그렇게 할 수 있다면, xxx를 진심으로 좋아한다는 걸 믿을 수 있겠지. 자네가 내 말을 무시하기로 한다면, 나는 자네를 믿을 수 없게 될 거야. 결정은 자네 몫이네. 나는 자네를 만나서 이 문제에 대해 더 많이 이야기하고 싶네. 아마도 자네에게는 끔찍한 일이겠지! 하지만 터놓고 솔직하게 이야기를 나누지 않는다면, 달리 어떻게 서로를 이해할 수 있겠나?

나의 단호함을 자네를 싫어하는 걸로 오해하지 않길 바라네. 나는 자네를 좋아하고 싶고, 이해하고 싶다네. 하지만 자네는 한 가지 중요한 점을 기억해야 해. 아무도 나보다 더 xxx를 사랑할 순 없네!

그래서 나는 자네가 그 애에게 옳은 일을 하길, 그 애를 존중하고 배려하길
매우 근심하고 있는 거라네.

　잘 지내게나. 부디 자네가 분수를 알길 바라네. 지혜와 하나님의 깊은 은총을
얻길 바라네. 연못에 돌 하나를 던졌을 때 파문이 생기듯이,
　자네 행동은 주위의 모든 사람들에게 영향을 미칠 걸세.
자네가 용감하고 진실한 행동을 하길 바라네.

　사랑과 존중을 담아

Web | MySpace | People | Music | Blogs | Video ▶

Search Web

wse | Search | Invite | Film | Mail | Blog | Favorites | Forum | Groups | Events | Videos | Music | Comedy | Classifieds

Mail Center
Read Mail

Bright Idea: [Read the Bulletins your friends post. **View Bulletins.**]

Paul

From:

ook
quests
Requests
ites

Date: Aug 1, 2006 12:19 PM   Flag spam/abuse [?]

Subject: :)

Body: Smile, baby, and dream. You and me in a soft bed, no alarms, no weekdays, no commutes. I watch your breasts rise and fall with your breath, and wrap my arms around you, and hold you close, and tell you what you already know- I love you- over and over again. Because I do :)

xoxoxoxo
paulbear

<< Previous   Next >>

(-Reply-) (-Forward-) (-Save-) (-Delete-)

보낸이: 폴
보낸 시간: 2006년 8월 1일 12:19 PM
제목: :)

헤헤, 자기야. 난 이런 상상을 하고 있어. 자기랑 내가 부드러운 침대에 누워 있고, 알람도 없고 회사 가는 날도 아니야. 자기가 숨 쉴 때마다 가슴이 오르락내리락하는 걸 바라보면서, 두 팔로 자기를 감싸고 꼭 끌어안는 거야. 자기도 이미 알고 있지만, 나는 사랑한다는 말을 하고 또 할 거야. 왜냐하면 정말로 무지무지 사랑하니까. :)

XOXOXOXO
폴베어

talk♡   BETA

Compose Mail

Inbox (201)
Starred ☆
Chats ♡
Sent Mail
Drafts (12)
All Mail
Spam (11)
Trash

Contacts

Search Mail	Search the Web	Show search options
		Create a filter

Kiss - findinfotoday.com/kissing - Become a Hot Kisser With These Secret Kissing Tips

« Back to Inbox   Archive   Report Spam   Delete   More actions... ▾

I don't know what got Inbox

☆ ▬▬▬▬▬▬ to me   More options 11:53 am (2 hours ag

I don't know what got me higher last night all the herb we smoked or our kiss. We're gonna have to try both again so i can
be sure. ;)

Reply   Forward   Invite ▬▬▬▬▬ @vtext.com to Gmail

Quick Contacts
earch, add, or invite

Set status her ▾

제목: 무엇 때문인지 모르겠어

어젯밤 내가 유난히 알딸딸했던 게 우리가 피운 풀 때문인지 키스 때문인지 모르겠어.
두 가지를 다시 해보면 확실히 알 수 있을 것 같아. :)

dd
ontact   Show all

Labels
0/8/04
15/04 Clips

THANKS FOR
SAVING MY

다시 한 번 고마워.

ONCE AGAIN
BURNT·OUT SOUL
불타버린 내 영혼을 구해줘서.

Hello Cheryl,   August 3, 1976

What's happening? Yeah, this is
Ricky, the guy that was so anxious to
write!

I guess I should start by telling
you about myself. Even though I sent
a picture I mind as well tell you
what I look like, my height is 5'11",
brown hair and blue eyes.

Before I say anymore you'd
better sit down and relax cause this
is going to be a rather long letter.

As far as what kind of
personality I have, I really don't
know, but if it helps alot of people
call me & Jim brothers. Plus of the
fact he and I are always around
each other. I'm also a very
affectionate person and I can be
rather forward at times. (Like I
said, at times).

I graduated from St. Louis
High School of Hawaii, this sounds
rather wierd but it's rather a
long story to explain.

I have a father, 4 sisters and
one brother. I just thought I'd
just give you a more or less

of an idea of what kind of
family I come from. Of course
Jim told you that I come from
Dartmouth, Mass. And the fact
that I have 4 months left in
the corps. (I can't wait for that
day.)
   Cheryl, I don't know what
kind of letter you would call
this but I'm not used to
writing girls I haven't really
met. So, I hope you'll bear
with me. Okay
   In case your wondering,
I was engaged once, (a year ago)
but I'd rather not go into
details about a past thing.
   Believe it or not, I live
about 15 minutes away from
your house. I guess it was
fortunate to meet Jim. Jim
and I have already made
plans of me going to pick
him up at the airport next
year. I imagine we'll always
be friends.
   You wouldn't believe some

237

of things your brother and I have done.

I found out a little about you before I wrote, and Cupid has come to the conclusion that you and I would get along great. (But don't tell him).

Well, Cheryl I don't think I should make this letter much longer, cause I don't like getting bored either! HA HA I don't know what kind of ending I should put, maybe you know, but for now I'll just have to sign my name.

Ricky

1976년 8월 3일

안녕, 셰릴

잘 지내고 있어요? 네, 리키예요.
편지를 쓰는 게 무척 떨리네요!
우선 나 자신에 대해 말하는 것으로
시작할게요. 사진을 보내긴 했지만,
내가 어떻게 생겼는지 말해주는 게 좋겠어요.
키는 180센티미터가 조금 넘어요.
머리는 갈색이고 눈은 파란색이지요.
미리 얘기하는데, 긴장을 풀고 편히 앉아요.
왜냐하면 이 편지는 꽤 길어질 것 같으니까요.
내 성격이 어떤지 잘 모르겠지만,
많은 사람들이 나를 짐 브라더스라고
부른다는 말을 하면 도움이 될까요. 게다가
짐과 나는 항상 붙어 다녀요. 나는 아주
다정다감한 편이에요. 때로는 너무 스스럼없게
보일 수도 있구요(말 그대로 '때로는'이랍니다).
나는 하와이에서 세인트루이스 고등학교를
졸업했어요. 약간 이상하게 들릴지도 모르지만
설명하기엔 사연이 좀 길어요.

가족은 아버지와 누이 네 명, 그리고 형제가
한 명 있어요. 내가 어떤 가정에서 자랐는지
대충이라도 말하는 게 좋을 것 같아서요.
물론 내가 매사추세츠 다트머스 출신이라는
얘기는 짐한테 들었을 거예요. 그리고 4개월
후에 제대한다는 이야기도요(그날이 얼른 오면
좋겠어요).
셰릴, 무슨 편지가 이러냐고 할지 모르겠어요.
하지만 나는 한 번도 만난 적이 없는 여성에게
편지를 쓰는 데 익숙하지 않아요. 그러니 나를
좀 이해해주면 좋겠어요.
혹시 궁금할까 봐 이야기하는데,
나는 1년 전에 한 번 약혼한 적이 있어요.
하지만 지나간 일에 대해서는 자세히 이야기하지
않을게요. 믿어질지 모르겠는데,
우리 집은 당신 집에서 15분 정도 떨어진 곳에
있어요. 짐을 만난 게 행운이었다고 생각해요.
내가 먼저 제대하고 나서, 내년에 공항으로 짐을
마중 나갈 계획을 다 세워 놓았답니다.
우리가 영원히 친구로 지낼 수 있다면 좋겠어요.

내가 당신 오빠랑 무슨 짓을 했는지 알면,
아마 믿어지지 않을 거예요.
이 편지를 쓰기 전에 당신에 대해 조금 알게
되었어요. 그리고 큐피드는 당신과 내가 아주
잘 어울릴 거란 결론을 내렸지요(하지만
짐에게는 아무 말 말아요!).
음, 셰릴, 편지가 더 길어지면 안 될 것 같아요.
나도 지루해지는 건 싫거든요! 하하.
어떤 식으로 끝내야 할지 모르겠어요. 아마도
당신은 잘 알겠죠. 아무튼 지금은 그냥 내
이름을 적어야겠어요.

리키

셰릴은 열여섯 소녀였고 로드아일랜드에 살았다. 리키는 하와이에 주둔한 해병대에서 복무 중인
군인이었다. 셰릴의 오빠도 하와이 해병대에서 복무했는데, 그가 리키와 꼬마 여동생의 펜팔을 주
선했다. 그래서 두 사람은 편지를 주고받기 시작했다. 4개월 동안 셰릴은 리키에게 60통이 넘는 편
지를 썼다. 리키는 더 자주, 그러니까 고향에 돌아오기 전까지 매일 한 통씩 꼬박꼬박 편지를 썼다
(이 편지는 그가 처음 쓴 편지다). 알고 보니 리키의 집은 셰릴의 집에서 35마일밖에 떨어져 있지
않았다. 두 사람은 리키가 제대하던 날 공항에서 처음 만났다. 그리고 2년 반 동안 데이트를 한 후,
1979년에 결혼했다. 두 사람은 편지를 모두 보관해두었고, 지금도 이따금 꺼내본다. 그리고 그들이
"그토록 어렸던 게 재미있어서 웃는다"고 한다.

Jane:

Look, I'm incredibly confused. You seem very clear-headed about all this and I truly admire that. But I'm messed up. That may seem hard to understand, but it's where I am. I need a moment.

I'm aware that my taking a long breath probably feels bad to you, and I'm sorry, ~~about that~~. I truly, truly am. But I need to take it. I also need to talk to someone, and given the personal nature of this, the only person I feel comfortable talking to is my shrink. She's fitting me in tomorrow. I have a lot of feelings that I need to sort out, some involve you but most of it is about me. What happened on Thursday played into my biggest demons—trust being the biggest.

I wanted to see you tomorrow in the hope that we (me, anyway) could get some clarity from all this. That was this morning. Now I just feel like running away. (I'm being really honest here.) It feels weird to me that this seems so straightforward for you but is really fucking with my head. (I've barely slept for the last two nights.) I don't mean that as a criticism but it makes me feel like I'm over-reacting, and that only reinforces my need for the long breath. So as of now, I actually don't know how I feel about tomorrow.

I'm sorry I can't call you now.

By the way, I don't think either of us are the people we were before Thursday. Not necessarily worse, but I do feel like a layer was peeled away. As for me, ~~I feel like~~ I've shown a side of myself that's probably a major turn-off.

I'll call you tomorrow. And thanks for your notes; they mean a lot.

제인:

이봐, 난 엄청나게 혼란스러워. 당신은 이 모든 사태에 대해 아주 침착한 것 같은데, 정말 존경스럽군. 난 엉망진창이야. 이런 날 이해하기 어려울지 모르지만, 하여튼 난 그래. 시간이 필요해.

내가 시간을 끄는 게 당신 입장에서 기분 나쁠 수 있다는 거 알아. 그리고 그 점은 미안해. 진심으로, 진심으로 미안해. 하지만 나는 그럴 수밖에 없어. 다른 사람과 이야기를 좀 해봐야겠어. 이 일의 개인적인 성격을 고려할 때, 내가 편안하게 이야기할 수 있는 사람은 정신과 의사뿐일 거야. 내일 그녀를 만날 거야. 나는 정리해야 할 감정이 너무나 많아. 당신과 관련된 것도 있지만, 대부분은 나에 대한 거야. 목요일에 일어난 일은 나를 완전 미친 마귀로 만들었어.

당신을 내일 보려고 했던 건 우리가 (아니 내가) 이 문제를 좀 더 분명히 할 수 있을 거란 희망이 있었기 때문이야. 그게 오늘 아침까지의 생각이었어. 근데 지금 난 그냥 도망치고 싶은 기분이야(진짜 솔직하게 이야기하는 거야). 이 일이 당신한테는 아주 단순한 것 같은데, 난 그게 더 이상해. 내 머리는 빠개질 것 같거든(나는 이틀 동안 잠을 거의 못 잤어). 비난하려는 건 아니지만, 나 혼자 과민 반응하는 것 같아서 기분이 언짢아. 그래서 시간이 필요하다는 생각이 더 절실해지고 있어. 지금으로서는 내일 만나는 게 좋을지 어떨지 잘 모르겠어.

당장 전화할 수 없어서 미안해.

그런데 나는 우리가 목요일 전과 다른 사람이 된 것 같아. 꼭 더 나빠졌다는 건 아니지만, 뭔가 한 꺼풀이 벗겨져 나갔다고 할까. 내 경우엔, 이번 일로 완전히 밥맛 떨어지는 나의 어떤 면을 보게 되었어.

내일 전화할게. 그리고 메모 고마워. 많은 의미가 있는 말들이었어.

이 커플은 2개월 동안 데이트를 했다.

FEB 14

for

A V E

1/2 1/2 1/2 1/2 1/2 1/2 1/2 1/2 1/2

Happy Valentine's Day
To a sweet, Beautifull, Intelligent,
Mareous, Kind, Shapley, Tall and
Innocent, Sexy, Friend...

HELLO RACHEL

½ ½ ½ ½ ½ ½

"Maximum Babe"

good luck, I'll try easy

love
Xoxo Karl

My heart is always there for you.

Happy 1/2 Birthday

You "Melt" Me !!!

(I'll always remember when you "start")

2월 14일
For EVA RACHEL

밸런타인데이 축하해.
당신은 다정하지, 아름답지, 지적이지,
예민하지, 진정하지, 몸매 환상이지,
키 크고 날씬하지, 순진하지, 섹시하지,
좋은 친구지, 성격 느긋하지, 운전 잘하지,
젊고 상냥하지, 만세 잘하지, 여우같지,
정말이지 완벽한 여자야.

사랑해.

크리스 강

내 심장은 항상 당신을 위해 준비되어 있어.

생일 축하해.

자긴 나를 '녹였어'!!!!!

25 more days →

July 23, 1992

Hi baby—
 I miss you!
 I haven't talked to you for 2 days!
That's two days too long!
 How are you doing?
 Right now I am studying for my
BIG FINAL tonight. I am reading
the chapter on Interpersonal attraction
and all I can think of is you.
 Well, here's some definitions for for
us:
 Passionate love: An intense and often
  unrealistic emotional response to
  another person. It is interpreted by
  the individuals involved as "love".
Well, we do have passionate love, but
we also have 2
 Companionate love: Love that rests on a
  firm base of friendship, common
  interests, mutual respect, and concern
  for the other person's happiness and
  welfare.
My book say companionate love is
the best kind & it is the love
that keeps a relationship going.
I think we have strong companionate
love, what do you think?
 I guess I should get back to
studying. I love you!
                        ♡ Sally ☺

1992년 7월 23일 → 25일 남았어

안녕, 자기
보고 싶어!
이틀 동안이나 자기랑 이야기를 못 했어! 이틀은 너무 길어!
어떻게 지내?
오늘밤 나는 기말고사를 위해 공부하고 있어. 사람들 사이의 끌림에 대한
내용을 읽고 있는데, 머릿속엔 자기 생각뿐이야.
음, 우리한테 해당되는 정의도 좀 있어.

열정적인 사랑: 타인에 대한 강렬하고 종종 비현실적인 감정 반응.
당사자들은 '사랑'이라고 해석함.

음, 우리는 열정적인 사랑을 하고 있군. 하지만! 이것도 해당돼.

친구 같은 사랑: 우정, 공통의 관심사, 상호 존중.
상대방의 행복을 배려하는 마음에 바탕을 둔 사랑.

이 책에 따르면, 친구 같은 사랑이 제일 좋고 관계를 오래 유지시켜준대.
내 생각엔 우리가 든든한 친구 같은 사랑을 하고 있는 것 같은데,
자기 생각은 어때?
이제 공부 좀 해야겠다! 사랑해!

샐리

Ok…The main thing I want to say, I've wanted to say for a little while, but I've been too scared to, because this all started out as my fault and I didn't want to look like an asshole by putting any blame on you…but I need to say it.

The last two conversations you didn't even say I love you back, you just muttered and put down the phone. How does that help me "get better"? I feel like I'm doing a lot better, and I've made progress. (its not that I want a pat on the back or a good job sticker….cause I wouldn't deserve that anyway) I don't know why its a problem, but it is and try as I might, I haven't been able to change all at once…

But onto what I really wanted to say.

When I'm here, I feel like I don't get any credit, and that makes it hard. I feel like sometimes you are just humoring me…I kid about you about being unsupportive, but sometimes I do feel unsupported, like no one has my back. Almost like, you do things for me out of this feeling of responsibility and for no other reason…

I hope I don't regret saying this, but….I've always said I don't know how to be your boyfriend here…I've come to realize that, in different ways, you don't know how to be my girlfriend there either. …and that's ok. Its contrary to what we know. We shouldn't be good at being apart. maybe none of that makes any sense, but i'm not gonna edit it. let it stand. I'm not doubting your love for me, or mine for you or this relationship or anything to that nature. This is purely distance problem. And I also whole-heartedly admit that it started with my shitty communication, and thus its my fault. But I can't help feeling the things in the above paragraph…I'm not mad at you, and if you are mad at me, fair enough. But I guess the whole point here is that we both (probably me more than you, but still) need work at this. I know that you have never claimed to be perfect, but it took me until recently to realize that you're not. I always say that when there is a problem, between us I want it out in the open, so with this email I'm practicing what I preach. …or maybe I'm just full of shit and shouldn't feel anything i said in the previous paragraphs….but there it is. for better or much worse I love you, I still, despite all, most definitely want to marry you.

좋아. 내가 말하고 싶은 건…… 얼마 전부터 계속 이 말을 하고 싶었는데 왠지 겁이 났어. 왜냐하면 모든 것이 내 잘못에서 시작되었고, 당신한테 비난을 돌리는 한심한 인간처럼 보이기 싫었으니까. 하지만 이제 말해야겠어.

우리가 전에 했던 두 번의 대화에서, 당신은 사랑한다는 내 말에 답해주지 않았어. 그냥 우물거리다가 전화를 끊었지. 어째서 그게 나한테 도움이 된다는 거야? 내가 느끼기에, 난 그동안 많이 좋아졌고 발전을 한 것 같아(등을 두들겨 달라거나 수고했다는 스티커를 원하는 게 아냐. 어쨌든 난 그럴 자격이 없을 테니까). 나는 그게 왜 문제인지 모르겠어. 하지만 문제라고 치자. 근데 아무리 노력을 해도 모든 것을 한 번에 바꿀 수는 없었어.

내가 정말로 하고 싶은 말은 이제부터야.

여기서는 아무도 나를 알아주지 않는 것 같은 기분이 들어. 그게 힘들어. 때때로 당신이 그냥 나를 달래는 것처럼 느껴져. 가끔은 농담처럼 당신이 든든하지 않다고 말하는데, 정말 아무도 나를 지지해주지 않는 것 같기도 해. 나에게 아무도 없는 기분이라고. 이를테면, 책임감이든 뭐든 어떤 이유가 있어서 당신이 나를 위한 일들을 하는 거 같아.

이런 말을 하는 걸 후회하지 않길 바라지만…… 내가 늘 하던 말 있잖아. 여기서 어떻게 당신 남자친구 노릇을 해야 하는지 모르겠다고. 그런데 당신 역시 거기서 어떻게 내 여자친구 노릇을 해야 하는지 모르는 것 같아. 뭐, 괜찮아. 우리가 아는 것하고는 상황이 전혀 다르니까. 우리는 떨어져 있는 걸 잘하면 안 돼(말이 좀 안 되는 것 같은데, 고치지 않고 그냥 둘게). 나에 대한 당신의 사랑이나 당신에 대한 나의 사랑, 우리 관계 혹은 그 무엇에 대해서도 의심하지는 않아. 이건 순전히 거리 문제야. 그리고 내 거지같은 의사소통 능력 때문에 모든 일이 시작되었다는 걸 전적으로 인정할게. 이건 내 잘못이야. 하지만 위에서 말한 느낌을 지울 수 없는 것도 사실이야. 당신한테 화난 건 아냐. 그리고 당신이 나한테 화났다고 해도 충분히 그럴 만하다고 생각해. 하지만 중요한 건 우리 둘 다 어떻게든 해야 된다는 거야(아마 당신보다 내가 더 많이 해야겠지만). 당신이 완벽하다고 주장한 적 없다는 거 알아. 그러나 나는 최근에서야 당신이 완벽하지 않다는 걸 깨닫게 되었어. 나는 우리 사이에 문제가 생기면 터놓고 얘기하고 싶다고 항상 말했어. 그래서 이 메일도 평소의 지론을 실천하는 거야. 어쩌면 내가 몹쓸 놈일 뿐이고, 위에서 말한 느낌은 당치 않은 것일지도 몰라. 하지만 그런 감정이 느껴지는 건 사실이야. 기쁠 때나 슬플 때나 당신을 사랑해. 어쩌니 저쩌니 해도 나는 여전히 당신과 꼭 결혼하고 싶어.

Subj: **hola**
Date: 05/05/2000 8:32:47 AM Eastern Daylight Time
From:
To:

Sweetie, I havent had the chance to write you in a really long time, but I finally have a few minutes today, so I wanted to at least make sure I tell you I love you. I want you to know that I am glad that sometimes we have our little fights, and that it just means that we are being real with each other. That first little bit of a relationship is fun, but it isnt real, sometimes people dissagree and they fight, and sometimes they get on each others nerves. My favorite rule of management is that you have to make sure that you are making enough mistakes, otherwise you just arent trying hard enough. That same thing goes for love. I love that you make me want to be a better person, I love that you make me want to try to look better, be smarter, richer, stronger... You inspire me to greatness and to be who I am, and you inspire me to inspire you. Each day, I can feel us getting stronger, going further, understanding more. I stand behind you in each decision you make, even when I disagree. I see and appreciate all the great things that you do for me, and I hope you always remember that. I notice every little thing about you. Sometimes that can be annoying I know, but most of the time I am just seeing the way that you look at me, or the way that you go that extra mile to make me happy.
I guess I should stop writing eventually, or this thing will go on forever, but sweetie, I really love you.
Te amo
    Hoy
        Manana
            Siempre
    Con todo el corazon y todo el cuerpo

252

여보야. 아주 오랫동안 편지 쓸 짬이 안 나다가 드디어 오늘 몇 분이 생겼어. 그래서 당신을 사랑한다는 걸 확실히 말해 두려고. 때때로 우리가 사소하게 다투는 게 즐거워. 그건 우리가 서로에게 현실적이라는 의미이니까. 남녀가 사귈 때 처음 얼마 동안은 좋아 죽지. 하지만 그건 현실이 아냐. 사람들은 이따금 의견에 엇갈리고 싸우고 서로의 신경을 건드리는 게 정상이야. 일에서 내가 가장 중요하게 생각하는 원칙은 실수를 충분히 해야 한다는 거야. 그렇지 않으면 그건 충분히 노력하고 있지 않다는 뜻이거든. 사랑도 마찬가지야. 자기는 내가 더 나은 사람이 되고 싶게 해줘서 좋아. 당신을 생각하면 더 근사해지고 싶고 똑똑해지고 싶고 부자가 되고 싶고 힘도 더 세지고 싶어. 당신이 나를 격려해주니까 나도 당신을 격려하게 되고, 날마다 우리는 더 강해지고 멀리 나아가고, 더 많이 이해하는 려해줘. 당신이 나를 격려해주니까 나도 당신을 격려하게 되고, 날마다 우리는 더 강해지고 멀리 나아가고, 더 많이 이해하는 것 같아. 나는 당신이 내리는 모든 결정을 지지해. 나랑 의견이 다르더라도 말이야. 당신이 나를 위해서 수없이 많은 일을 하는 걸 알고 있고, 또 감사해. 내가 고마워한다는 걸 항상 기억해주면 좋겠어. 나는 당신에 대한 거라면 아무리 작은 것들도 다 눈치를 채고 있어. 때로는 그래서 짜증날 수 있다는 거 알아. 하지만 대부분 그저 당신이 나를 바라보는 따스한 눈길이나 나를 행복하게 해주려고 기꺼이 노력하는 모습 정도를 알아차릴 뿐이야.
편지는 여기서 마쳐야겠지만, 내 마음만은 영원히 계속될 거야. 여보, 정말 사랑해.

Te amo
    Hoy
        Manana
           Siempre
       Con todo el corazon y todo el cuerpo*

● 스페인어로 "내 온몸과 마음을 다해서, 오늘도 내일도 언제나 당신을 사랑해요"라는 뜻

Ken:

I would definitely advise you to cultivate your courting skills. Months of emailing do not a relationship make. I knew you liked me and I liked you too. When you first resurfaced, I urged (I would even go so far as to sayegged) you many times to see me, but you were very stubborn. I was very open at that time to seeing you and was disappointed that you wouldn't.

To wit: It took you two months to make a date.

I did not consider that a relationship, and had no way of knowing what intentions you had.

It's true that I was not seeing anyone over the summer (at the time of the infamous international dumping). But I had met someone by chance exactly three days before you resurfaced. I didn't know where that would go, and I didn't feel ready to close any doors. You never exactly stepped up. In the meantime, the other thing has progressed to an intimate and exclusive level, and it feels right.

I agree that I was a chicken shit with you at the end. I'm sorry if I hurt you. I didn't realize the extent of your feelings at all. So I think the lesson you take away is the right one. I also think that you truly are afraid of me, and I'm not sure that's the best foundation to build upon.

I enjoyed spending time with you too. And I know I will miss you.

Maria

켄:

당신이 구애 기술을 향상시키도록 분명하게 조언을 해야겠어요. 몇 달간 이메일을 보내는 걸로는 사귈 수 없어요. 당신이 나를 좋아한다는 걸 알았고, 나도 당신이 좋았어요. 당신이 잠수를 탔다가 다시 나타났을 때, 내가 여러 번 만나자고 했잖아요. 근데 당신은 고집불통이었어요. 나는 기꺼이 만날 생각이 있었는데, 당신이 그러려고 하지 않아서 실망했어요.

정확히 말해, 당신이 데이트 신청을 하는 데 두 달이 걸렸어요.

나는 우리가 사귀는 거라고 생각하지 않았어요. 당신이 무슨 의도를 갖고 있는지 알 길이 없었으니까요.

내가 여름 동안 데이트를 하지 않았던 건 사실이에요(여름은 전 세계적으로 악명 높은 떨이 철이죠!). 그런데 당신이 다시 나타나기 딱 사흘 전에, 우연히 누구를 만났어요. 나는 일이 어떻게 될지 몰랐고, 가능성의 문을 닫을 마음도 없었지요. 당신은 전혀 앞으로 나오지 않았고요. 그러는 동안 다른 쪽하고는 친밀하고 독점적인 관계로 서서히 진전했어요. 잘되고 있는 것 같아요.

결국 나는 당신한테 나쁜 년이 됐나 봐요. 상처를 주었다면 미안해요. 당신의 감정이 어느 정도인지 전혀 몰랐어요. 좋은 교훈을 얻었을 거라고 생각해요. 그리고 당신은 날 겁내는 것 같아요. 그건 관계를 시작하기에 별로 좋은 토대가 아니랍니다.

그동안 즐거웠어요. 보고 싶을 거예요.

마리아

Subject : Hey Babe
Date : Mon, 6 Sept 2004 15:32:48 -0700 (PDT)

Hey Babe, I hope you are feeling better. I enjoyed our conversation a lot last night. I never thought that we would have so much to say despite the fact we haven't met yet!!

I see so much in you -- so much that I have been waiting to see in someone. it's like all your life you dream of the ideal person who will just complete your heart in every way.
And you think to yourself, does this ideal person even exist? Along the way you meet all the wrong ones and it kinda brings you down, but you try to just keep your head up and your heart open.

I think I've always been yearning for love. It's like even when I had boyfriend, I was still lonely, because they could never fill this void in my heart. I wanted them to so badly, but they were totally wrong for me, and I knew I could do so much better. It's just everything about love and sharing yourself with another human being that I so intimate and special and rare.

There's something about you that I can't place. It's like you amaze me everytime. Honestly, I've never known anyone quite like you. It's a bit scary, but at the maybe, just maybe, YOU are that ideal person : the person who will make my heart complete.

I thank you so much for making me smile and just being the person that you are. You're such an amazing guy! And I really mean that. I can't wait to meet you to see what happens. Talk to you later.

-Jen-

제목: 안녕

보낸 시간: 2004년 9월 6일 월요일 15:32:48 −0700(PDT)

안녕. 몸이 좀 나아졌으면 좋겠어요. 어젯밤 나눈 대화는 정말 즐거웠어요.
우린 아직 만나지도 못했는데, 할 말이 그렇게 많을 줄은 생각도 못 했어요!!

나는 당신에게서 아주 많은 걸 봐요. 내가 다른 사람에게 간절히 찾던
것들이죠. 모든 면에서 우리 마음을 완전히 채워줄 이상적인 사람을 상상한다고
생각해봐요. 우리는 스스로에게 말할 거예요. 이런 이상적인 사람이 정말
존재할까? 그런 사람을 찾는 과정에서 우리는 제짝이 아닌
온갖 사람들을 만나고, 그러다 보면 좀 의기소침해져요.
하지만 또 다시 고개를 들고 마음을 열려고 노력해야 하죠.

나는 항상 사랑을 동경했던 것 같아요. 남자친구가 있었을 때도 나는 여전히
외로웠어요. 그들이 내 마음의 빈곳을 절대로 채워줄 수 없었으니까요.
나는 그렇게 해주길 간절히 원했지만, 그들은 나와 맞지 않았어요.
난 그런 관계보다 훨씬 더 좋은 게 있을 거라고 생각했어요. 친밀하고 특별하고
흔치 않은 다른 한 인간과 나 자신을 공유하는 것, 그게 바로 사랑일 테니까요.

뭐라고 꼬집어 말할 수 없지만, 당신에겐 뭔가 있어요. 당신은 매번 나를 놀라게
하는 것 같아요. 솔직히 나는 당신 같은 사람을 한 번도 만난 적이 없어요.
그래서 좀 무서워요. 하지만 동시에 어쩌면, 어쩌면 당신이 내 마음을 완전히
채워줄 이상적인 사람일지도 모른다는 확신이 들어요.

나를 웃게 해줘서 고마워요. 그리고 당신이 지금과 같은 사람이어서 정말
고마워요. 당신은 정말 멋진 남자예요! 진심이에요. 당신을 얼른 만나서 우리에게
무슨 일이 일어날지 보고 싶어요. 나중에 또 얘기해요.

젠

두 사람은 인터넷 데이팅 사이트에서 알게 되었고 한 달간 이메일을 주고받다가 만났다. 여자는 첫 데이트를 하기 며칠 전에
이 메일을 썼다. 여자는 기차역으로 남자를 마중 나갔고, 남자는 커다란 꽃다발을 들고 서 있었다. 여자는 첫눈에 반했다고
말한다. 그들은 2년간 함께 있었다.

anyone .

(Now I'm going to shower)

세상에 어떤 사람이 다른 사람을 사랑할 수 있는 것보다 더 많이 당신을 사랑해요 (이제 샤워할래요).

봉투를 다시 열며

옷장, 차고, 하드 드라이브, 그리고 '시간'을 뒤적거리면서 옛사랑의 흔적을 발견하는
기분은 어떤 것일까? 따스함과 그리움이 복받쳤다고 말한 사람들도 있었고, 또 한 번
가슴이 찢어지는 아픔을 느꼈다고 말한 사람들도 있었다.
그러나 대부분의 사람들이 낡은 봉투 안에서 작은 평화를 발견했다고 말했다.

후회스러워요

낡은 편지들을 끄집어내는 게 별일 아니라고 생각했어요. 지난 10년간 나는 충분히
애도했고 치유되었고, 심각했거나 가벼웠거나 어쨌든 모든 관계를 극복했다고
생각했으니까요. 하지만 아니었어요. 잃어버린 사랑의 영구적인 기록을 바라보는 경험이
정말로 고통스럽다는 걸 알고 굉장히 놀랐어요.
몇 가지를 발견하기도 했어요. 나는 말을 다루는 재능이 있는 축복받은 사람이었어요.
좋은 말로 누군가에게 즐거움이나 위로를 줄 수 있으니까요. 하지만 부정적인 측면도
있지요. 상처 받았거나 고통스러울 때 나는 말을 가지고 남의 마음을 할퀼 수 있어요.
그래서 화난 상태에서 쓴 글이나 상처를 못 이기고 쓴 글이 후회스러워요. 정말
부끄러워요. 내가 누구에게 피해를 주었을까요? 오랜 세월이 지났지만, 몇몇 사람을
찾아가서 사과하고 싶다는 생각을 진지하게 하고 있어요.

첫사랑이었어요

이 편지들을 받은 이후로 한 번도 다시 읽지 않았어요. 거의 15년 전에 받았죠. 대학생 때
만났고 첫사랑이었어요.
편지를 읽으면서 갑자기 그 강렬함을 다시 느끼고픈 욕구가 생겼어요. 지금 내 인생에

그 감정을 되돌리고 싶었어요. 하지만 생각해 보니, 그런 감정은 다시 만들어낼 수 없는

거였어요. 처음이었으니까요. 첫사랑이었죠. 그 감정이 아름다운 이유는 처음이었기

때문이에요. 그런 감정을 다시 경험할 수 있다면 아무 가치가 없을 거예요.

나는 편지를 읽고 나서 그녀에게 이메일을 보냈어요. 우리는 5년간 연락이 없었죠. 우리는

편지 얘기를 하면서 막 웃었어요. 어찌나 쫄깃하고 순진하던지. 하지만 내 기분은 그녀하고

좀 달랐어요. 나는 더 그리웠고 더 로맨틱한 느낌이 들었어요.

큰 영광이었어요

엄마와 나는 할아버지의 편지 무더기를 뒤적거렸어요. 할아버지와 할머니는 4년 동안,

때로는 일주일에 세 번씩 편지를 주고받았죠. 두 분의 복잡다단한 연애사를 살펴볼 수

있었던 건 큰 영광이었어요. 두 분은 죽는 날까지 서로를 진정으로 아꼈어요. 엄마와 나는

두 분의 사랑에 감동받았답니다. 상투적인 말을 하는 게 아니에요. 두 분의 사랑이 우리

모두를 발전시키는 방향으로 영향을 미쳤다는 것을 알 수 있었어요.

우리는 며칠 동안 편지를 읽으며 정리했어요. 엄마는 편지들을 모아서 책을 만들기로

결정하셨죠. 우리는 가족들에게 책을 한 권씩 나눠 주었어요. 모두 넋을 잃고 편지를

읽었답니다.

내가 그때 누구였지?

편지를 다시 읽으니 혼란스러웠어요. 그런 생각을 했다는 것과 그런 말을 쓴 건 기억나요.

그런데 세상에나. 그 감정들을 떠올릴 수가 없어요. 마치 다른 사람이 쓴 것 같았어요. 내가

전혀 모르는 사람이요. 머리로는 내가 그녀에게 그런 감정을 느꼈다는 걸 알아요. 하지만

이제 그 감정은 온데간데없죠.

정말 이상한 건 그토록 불타는 열정을 느꼈던 그 지점으로 내 마음을 되돌릴 수 없다는

거예요. 그래서 내 자신이 정말 낯설게 느껴져요.

내가 그때 누구였지?

내가 그 자리로 돌아갈 수 있을까?

편지들을 다시 읽으면서 궁금해졌어요.

어느 쪽이 진짜 나지? 그렇게 감정에 충만해서 세상을 보았던 사람인가.

아니면 지금처럼 무덤덤하게 살아가고 있는 사람인가?

펑펑 울었어요

편지들을 읽으면서 펑펑 울었어요.

 그 사람들이랑 끝났을 때 느낀 감정을 다시 경험한 것 같았어요.

무척 놀라우면서도 기분이 좋았어요

나는 이 편지들이 있는 줄도 몰랐어요. 할머니는 내가 태어나기 전에 돌아가셨지요. 그래서

할머니가 당신의 생각을 조목조목 말하는 '목소리'를 들은 건 이게 처음이에요. 놀라운

경험이었죠. 할머니는 좀 까다롭기도 하고, 때로는 겁을 내는 것 같았어요. 할머니와

할아버지에 대해서는 두 분이 아주 달랐다는 이야기를 들었어요.

하지만 두 분이 나눈 알콩달콩한 사랑의 흥분을 엿보고 나니, 무척 놀라우면서도 기분이

좋았어요.

내 사랑이 각양각색인 걸 깨달았어요.

낡은 편지들을 뒤적이면서 내 사랑이 각양각색인 걸 깨달았어요. 어떤 사랑은 미친 열정의 자유낙하였고, 어떤 건 우정에 좀 더 가까운 달콤하고 따스한 사랑이었죠. 편지들을 보니까, 내가 여러 종류의 남자와 다양한 사랑을 경험할 기회가 있었다는 게 새삼 떠올라요. 그 모든 사랑의 모험들이 지금의 나를 만든 거죠.

지난 세월 동안 나는 거절과 고통에 대처하는 능력 면에서 발전했다고 생각해요. 나는 남자들과 헤어졌을 때, 스스로 벽장 안에 들어갔고 다시는 나오지 않으리라 생각했죠. 하지만 난 지금 여기 있잖아요. 돌아보니까 난 장하게 살아남았어요.

감사의 글

많은 분들이 이 책에 도움을 주었지만, 특히 줄리아 라자러스, 대니얼 수웨인, 그리고 초인적인 능력을 발휘해준 테레사 두메인, 벳시 레빈, 클레어 배스, 칼리 라스베리, 젠 트롤리오, 나타샤 사키시안에게 감사합니다. 이 사람들은 친구를 불러모으고 헤어진 연인에게 전화를 걸고 현재의 연인을 회유해서 책에 실릴 편지들을 찾아주었습니다.

기발한 아이디어를 제공해준 에이전트 브라이언 드피오레, 도리스 쿠퍼, 로렌 섀클리, 로라 팔레스, 민 리(클락슨 포터), 매튜 스나이더, 제니 수코브, 마크 재닛, 모라 프리츠, 버나드 오해니언에게 감사합니다. 그리고 사랑에 대하여 여러 가지를 가르쳐준 내 가족 사샤, 소렌, 어머니, 아버지, 비키, 딘, 하임, 크리스에게 감사합니다.

옷장 구석과 하드 드라이브를 뒤져 개인적인 추억을 공유해준 수많은 사람들에게 깊은 감사를 전합니다. 공개를 원치 않았지만 친구들을 설득해준 사람들에게도 감사합니다. 그들이 아니었다면 이 책은 존재할 수 없었습니다. 에이미 바인더, 안나, 린다 퍼먼, 폴 히스턴, 바나비, 제이슨 커스텐, 주디 뒤턴, 안젤라 피어스, 몰리, 라이언 쉽, 사라 발라드, DRH, 캐린 골드버그, 제임스 바이버, 재키 미차드, 제이슨 랜델, 베스, 제프리 호, 레베카와 사이먼 골드먼의 가족, 샐리 쿨먼, 제프 넬스, 블랭키, 안토니아와 조셉 롬바르디, 라이, 주디스와 조너선 수웨인, 진 권, 테드와 로잘리 골드먼, 카렌 긴스버그, 조너선 허친스, 바샤, 피터와 에스더 메이젠, 에리카 스미스, 앤드류 스틸, 피비 레바인, 카스라 나시리, 크리스틴 디너, 클레어와 허버트 사피로, 존 M. 버제스, 필립 두메인, 아만다 스필먼, 크리스틴 코스타, 빌 골드먼, 인마 페냐, 아브니쉬 바트나가, 레베카 랜턴, 패트릭, 제임스 록우드 스튜어트와 바바라 스튜어트 호프(도널드와 밀드레드 스튜어트의 자식), 스티븐 배스, 켈리앤 코트로풀로스, 존 윌리엄 흄 4세와 엘렌 흄, 니나 말킨, 제이슨 스터츠, 재크와 브루클린, 빔 아옌델, 로슬린과 제랄드 슐렌커, 조하나 워머 벤자민, 닐

264

리빙스턴, 홀리 린, 아담 슈로스, 릴리 번, 푸쿠스, 니키와 래리 스틴, 제니퍼 피사노, 조니 소볼류스키, 저스틴과 블라이스 조나스, 구스타보 바가스, 매트 매런, 존 마이클 쉬머, 돈 에이프릴, 알 수아레즈, 피터 레비, 조셉 피어슨, 마리사 벨거, 제니퍼 드레오, 로이스 버슨, 필립 골드버그, 도노반과 베키 해리스, 크리스 미켈슨, 앤 폴락, 엘라 루트베그, 조셉 플래스티나, 카라 R., 에이프릴 L. 론도, 노라 울리, 크리스 보리스, 크리스와 모린(배턴 루지), 트리나 카플란, 신시아 스타인, 로렌 울프, 재커리 바이얼리, 알리사 블랙우드, 에블린 마틴 앤더슨과 레온 앤더슨, 리키와 셰릴 말랜드, 대니얼 롤레스, 레슬리와 그렉 드모스, 트루니 레미, 밥 믈란디니치, 조너선 플레이어, 이반과 에이미 나놀라, JBI 인터내셔널, 모니카 드지알로, 켄트 바그너, 그 외 익명의 분들과 라라 프레스(rar rar press)에도 감사드립니다.

마지막으로 카드, 디자인, 시를 사용하도록 허락해주신 아래 회사의 관계자 분들께 감사를 전합니다.

빌 샤피로

Hallmark Cards, Incorporated(Hallmark Licensing, Inc.)의 허가를 받아 사용함

American Greetings Corporation의 허가를 받아 사용함 ⓒ AGC, Inc.

rar rar press의 허가를 받아 사용함 www.rarrarpress.com

GoCARD의 허가를 받아 사용함 www.Gocard.com

Roche Laboratories, Inc.

당신의 136번째
러브 레터를 완성하세요.

To _____

뭐라고 꼬집어 말할 수 없지만, 당신에겐 뭔가 있어요.
당신은 매번 나를 놀라게 하는 것 같아요.
솔직히 나는 당신 같은 사람을 한 번도 만난 적이 없어요.
그래서 좀 무서워요.
하지만 동시에 어쩌면, 어쩌면 당신이 내 마음을 완전히 채워줄
이상적인 사람일지도 모른다는 확신이 들어요.

여보야.
아주 오랫동안 편지 쓸 짬이 안 나다가
드디어 오늘 몇 분이 생겼어.
그래서 당신을 사랑한다는 걸 확실히 말해 두려고.
자기는 내가 더 나은 사람이 되고 싶게 해줘서 좋아.
당신을 생각하면 더 근사해지고 싶고
똑똑해지고 싶고 부자가 되고 싶고
힘도 더 세지고 싶어.

내가 당신을 얼마나 사랑하는지,
당신이 내게 얼마나 중요한 사람인지 알아주면 좋겠어.
신분증 카드와 지갑에 당신 사진을 끼워 두었어.
꺼낼 일이 있을 때마다 당신의 웃는 얼굴과 아름다운 눈을 바라보곤 해.
보고 싶어.
시원한 산들바람과 꽃이 만발한 봄 냄새, 초록색 풀도 그립지만
무엇보다 당신이 그리워.

자기, 예전부터 물어보고 싶었던 게 있어요.
사진 한 장 줄 수 있어요?
아침에 일어났을 때 가장 먼저 눈에 들어오고,
밤에 잘 때 마지막까지 눈길이 머무는 자리가 있어요.
서랍장 위에 그 자리를 차지할 만한 건
자기 사진밖에 없어요.

40년을 같이 살고도 당신에 대한 사랑이
여전히 내 삶의 중심이라는 것을 누가 믿을 수 있을까요?
오랜 세월 동안 당신은 가장 좋은 친구였을 뿐 아니라
나의 챔피언, 연인, 조언자, 단짝, 응원군이었어요.
또 끊임없이 들이닥치는 수많은 상황을 감당할 수 있게 해준
든든한 버팀목이기도 했지요.

나는 당신의 스웨터와 반짝이는 눈망울이 좋아요.

당신이 나를 웃게 만들고 울게 만들 수 있어서 좋아요.

당신이 우리 관계에서 질투의 역할에 대해 생각하는 게 좋아요.

당신은 내가 당신 앞에서 약해질 수밖에 없는 뭔가를 갖고 있어서 좋아요.

내가 맘만 먹으면 이 리스트를 일곱 장 이상 계속 쓸 수 있어서 좋아요.

내가 이런 멍청한 짓을 하고 있는 걸 당신이 어떻게 생각할지 모른다는 게 좋아요.

책 속의 책

러브 토크

Love Talk

윤미나

고독

사랑의 편지들을 모은 이 책에 덧붙이는 글을 쓰기로 했을 때, 솔직히 말해서 몹시 난감했다. 내가 사랑에 대해 아는 게 있나? 사랑의 전문가라면 세상에 얼마든지 있잖아? 내 이력서로는 '로맨스 약국'의 임시직원 자리도 과분하지 않을까? 차라리 눈물이나 심장박동, 다른 어떤 개별적인 현상에 대해 쓰라고 했다면 이렇게까지 당황스럽지는 않았을 것이다. 적어도 일정한 한계 안에서 집중할 수는 있었을 테니까. 그런데 사랑이라니. 이토록 광범위하고 자기방어적이고 칼날처럼 잔인하면서도 동시에 박애주의적인, 한마디로 정의할 수 없는 감정에 대해 어떤 객관적인 진실을 이끌어내야 할지 자신이 없었다.

결론부터 말하자면, 사랑을 연역하려는 시도 따위는 일찌감치 집어치우겠다는 말이다. 세상에는 알록달록, 올록볼록 수많은 사랑의 양상이 있다. 그리고 각각의 사례는 나름대로 정당하고, 그럴 만하고, 있는 그대로 이해받을 권리가 있다. 나는 그저 사랑에 대한 여러 가지 생각을 주워 모아 차곡차곡 자루에 담는 넝마주이가 되려 한다. 그 자루 속에서 쓸모 있는 것을 골라내는 일은 당신의 몫이다. 혹시 재활용이 체질에 안 맞는 당신이라면, 그저 어떤 우편배달부쯤으로 생각해주셔도 좋겠다. 사랑의 사연이 가득 담긴 가죽가방을 메고, 날래게 이집 저집을 돌아다니는 그런 우편배달부 말이다. 모든 사람에게 반갑고 훈훈한 소식만 전하겠다고 약속할 수는 없지만, 적어도 우리는 각각의 사례에서 크고 작은 교훈을 얻을 수 있을 것이다.

마르셀 프루스트의 『잃어버린 시간을 찾아서』에 나오는 샤를르 스완은 미술에 조예가
깊은 사람이다. 그는 일상적으로 만나는 주변 사람들의 모습에서 화가가 그린 그림 속
인물과의 공통점을 찾으려 하는 버릇이 있다. 내가 스완 씨처럼 예술에 해박한 사람은
아니지만, 나 역시 문학작품 속에서 인생의 모든 면면을 확인하려 하는 버릇이 있다.
찾으려고만 하면 아마 모든 것을, 심지어 손톱깎이나 이쑤시개조차도 찾을 수 있을 것이다.
문학이 인생의 반영인지, 인생이 문학을 모방하는 것인지 헷갈릴 정도로 둘은 놀랄 만큼
닮아 있다. 그리고 그 닮아 있음에 문학의 의의가 있다. 인생의 다양한 측면 중에서 사랑의
사례들을 수집하려고 할 때 문제가 되는 것은, 부족함보다 오히려 과다함일 것이다.
모든 예술이 가장 선호하는 주제는 사랑이고, 예술가에게 가장 큰 영감을 주는 것은
에로스, 즉 생과 사랑에 대한 욕구니까.

하루키는 사랑을 이야기하기 위해 먼저 고독을 묘사하고, 고독을 더욱 아득하게 사랑을
더욱 안타깝게 만들기 위해 두 개의 달이 뜨는 낯선 세계를 창조해냈다. 그 세계는 마치
말코비치의 머릿속으로 들어가는 관문인 뉴욕 어느 건물의 7과 2분의 1층(《존 말코비치
되기》)이나 마법학교 호그와트 행 기차가 정차하는 9와 4분의 3 승강장(《해리 포터》)처럼,
눈을 크게 뜨고 관찰해야만 보이는 아주 얇은 경계 너머에 있는 세계이다. 얼핏 보면 모든
게 엉망진창처럼 보이지만, 사실 그 혼란은 우리가 아는 것과 다른 규칙이 통용되기 때문일
뿐이다. 이런 세계에 발을 들여놓은 사람들은 정신적 멀미와 구역질에 시달리면서도
좀처럼 포기할 줄을 모르고, 주체할 수 없이 점점 더 깊이 빨려 들어가고 만다.

예술가들이 창조해내는 그 모든 낯설고 이상한 세계들은 그 자체로 사랑의 메타포라고
해도 좋을 것이다. 사랑이 바로 그렇지 아니한가. 사랑에 빠진 사람들은 모두가 이상한
나라의 앨리스처럼 헤매고 다니고, 걸리버처럼 자신보다 너무 크거나 작은 세계 속에서

어리둥절해하며, 율리시스처럼 끝없이 표류하고 방랑한다. 사랑을 어디서부터 건드려야 할지, 괜히 벌집을 쑤셨다가 얌전히 있던 기억들이 벌떼처럼 튀어나와 마음의 생채기를 긁어대는 게 아닐까 겁이 났을 때, 하루키의 저 문장이 떠올랐다. 그래, 일단 고독에서 시작하는 것도 나쁘지 않을 거야. 고독이라면 내가 좀 아는 이야기이고, 사랑과 고독은 태생이 같은 두 자매처럼 서로의 필요와 욕구를 잘 아는 영혼의 친구 같은 사이니까.

조너선 사프란 포어의 『엄청나게 시끄럽고 믿을 수 없이 가까운』에는 세상에서 제일 고독한 남자가 나온다. 애나라는 이름의 여자를 사랑했고, 전쟁 중 폭격으로 그녀를 잃었고, 그래서 연인의 이름과 첫 음절이 비슷할 뿐인 '그리고(and)'란 단어조차 발음할 수 없게 돼버린 남자. 궁여지책으로 "커피 앰퍼샌드(&) 단것 주세요"라는 우스꽝스러운 말을 하지 않을 수 없게 돼버린 남자. 그리고 점점 말을 잃어버리는 남자.

소설에나 나오는 청순한 이야기일 뿐이라고 생각한다면 유감이다. 사랑하는 이의 죽음을 당해본 사람이라면, 상실감의 덤프트럭에 깔린 적이 있는 사람이라면, 말로 설명할 수 없는 그 어마어마한 무게를 몸으로 겪어본 사람이라면, '그리고' 대신 '앰퍼샌드'라고 말하는 것쯤은 아무것도 아니라는 걸, 그보다 훨씬 더 불가해하고 기가 막힌 일도 얼마든지 일어날 수 있다는 걸 이미 알고 있을 것이다. 죽은 이를 떠올리기만 해도 가슴이 내려앉으면서 감전당한 사람처럼 뱃속이 저려오는데, 무슨 수로 그 사람 이름의 첫 글자를 말할 수 있을까? 이유는 모르지만, 그건 그냥 불가능하다. 사랑을 잃은 사람이 결국 말을 잃게 되는 것은 지극히 당연한 수순이다.

내 경우에 사랑은 일차적으로 고독을 죽이기 위한 항생제 같은 것이었다. 고독은 섬약한 나를 가장 힘들게 하는 것이었고, 나는 어떻게든 그 균을 죽여야 했다. 그래서 사랑이란 항생제를 자주 사용했고, 사용이 잦아지다 보니 당연히 부작용도 많았다. 정말이지 어처구니없는 짓을 숱하게 저질렀다. 몇 번인가 세상을 하직할 뻔하기도 했다. 긴 이야기다. 그러다가 언제부터인지 모르지만 조금씩 편해졌던 것 같다. 계기가 있었고 각성의 순간이 있었을 테지만, 편해지기 시작한 건 훨씬 나중의 일이었을 것이다.

그 후에 나는 사랑을, 고독에 윤기를 더해주는 걸레질 같은 것으로 생각하기로 했다. 나는 정성스럽게 사랑으로 고독을 닦았다. 고독이 반질반질해지고 어여쁜 빛이 나도록. 사랑은 고독을 진정으로 누릴 수 있게 해주고, 고독이 제값을 하게 만들어준다. 사람은 누구나 고독하고, 고독할 줄 알아야 한다. 비범한 사람들은 고독을 즐기기까지 한다. 그러나 그러자면 사랑의 도움이 필요하다. 정신적으로 황폐해지지 않고 고독을 누리려면, 고독의 발전기를 돌려 뭔가 가치 있는 것을 생산해내고 자아를 꽃처럼 가꾸려면, 우리에겐 적절한 분량의 사랑이 필요한 것이다.

고독이 그렇다면, 그럼 사랑은 어떨까? 사랑도 고독을 필요로 할까? 사랑 역시 과열되어 끓어 넘치지 않으려면, 그래서 사랑의 표면을 질척한 국물로 더럽히지 않으려면, 고독의 간섭이 필요하다. 영악한 연인들은 밀고 당기기에 능하고, 지혜로운 연인들은 고독과 사랑의 함량 조절에 능하다. 전자가 줄다리기 선수들이라면, 후자는 섬세한 요리사들이다. 줄다리기는 힘의 논리에 지배되지만, 요리는 예술이 될 수도 있는 평화로운 활동이다. 사랑하는 이를 더 많이 갖기 위해서 덜 갖는 연습을 하는 것. 타인을 사랑하기 위해서 자신을 사랑할 줄 아는 사람이 되는 것. 이 두 가지만 항상 염두에 둔다면 우리는 꽤 괜찮은 사람이 될 수 있을 것이다.

그런데 어떤 사람들에게는 자신을 사랑한다는 것이 말처럼 쉽지가 않다. 까맣게 타서

눌러 붙은 상처 때문에 혹은 이미 천성이 되어버린 불행의 습관 때문에, 자신을 사랑하고 싶어도 어떻게 해야 할 줄 모르는 곤란한 상태에 처하고 마는 것이다. 나도 사실 비결은 모른다. 하지만 이해가 안 되는 건 그냥 외웠던 학창시절의 버릇대로, 행복한 사람들을 곁눈질하면서 그들이 사는 방식을 외워버린다. 요즘은 이런 걸 벤치마킹이라고 한다. 그들과 나의 삶의 조건에 근본적인 차이가 있어서 그것이 행불행을 결정한다는 걸 모르지 않지만, 닥치고 외운 대로 따라하다 보면 어느 틈에 나도 조금은 행복해져 있을지 모르니까. 사랑에 목매달지 않고 홀로 우아하게 단자(單子)로서의 삶을 즐기는, 어엿한 독자적 인간이 될 수 있을지도 모르니까.

개성이 뚜렷한 네 남녀의 엇갈린 사랑을 담은 이야기 〈클로저〉는 사랑의 바이엘 교본 같은 영화였다. 한 번에 한 사람씩, 거짓말하지 않기, 테스트하지 않기, 마음이 떠난 사람과는 조용히 안녕. 이 단순한 기본기만 지키면 아무 문제없을 것 같은데, 물론 현실은 녹록치가 않다. 그래서 체르니 100번, 30번 다 뗀 사람들이 바이엘 교본 앞에서 당황하는 별 희한한 경우도 생기는 것이 사랑의 콩쿠르이다.

길들여지지 않은 짐승 같은 남자 래리, 섬세하고 우유부단한 글쟁이의 표본 댄, 성숙하고 지혜로워 보이면서도 사랑 앞에선 영락없이 갈대 같은 여자 애나, 닳고 닳아서 영악할 것 같지만 넷 중에서 가장 기본기에 충실한 알리스. 이 네 사람이 엮어가는 사랑의 이야기에는 인간 내면의 약점과 두려움이 고스란히 노출되어 있다. 그래서 몇 번을 보아도 질리지가 않고 매번 감탄하게 된다. 데미안 라이스의 〈The Blower's Daughter〉가 배경에 흐르는 가운데, 도시의 군중 속을 당당하게 걸어가는 나탈리 포트만의 모습은 아름다운 고독, 그 자체였다.

댄은 이혼 서류에 사인을 받는 조건으로 래리와 마지막 정사를 나눈 애나를 용서하지 못한다. 그렇게 어이없고 허망하게, 거의 자기 것이 된 애나를 잃고 만다. 댄에게 사랑한다면 타협할 줄도 알아야 한다고 충고하는 래리가 비열해 보이지만, 그는 적어도 영리했다. 애나는 우는 강아지 대신, 무자비한 맹수를 선택한다. 어쨌든 사랑을 잃은 건 댄이니까, 우리는 그를 가엾게 여겨야 하지 않을까? 천만에. 바보짓 한 번은 연민의 대상이지만, 바보짓 두 번은 경멸의 대상이다. 애나를 잃고 간신히 알리스를 찾아낸 댄, 이번에는 알리스에게 래리와 잤는지 안 잤는지 말하라고 닦달하기 시작한다. 댄을 진정시키려고 애쓰던 알리스는 어느 순간, 자신이 더 이상 댄을 사랑하지 않는다는 것을 깨닫는다.

Show me! Where is this love?

I can't see it, I can't touch it, I can't feel it.

I can hear it, I can hear some words,

but I can't do anything with your easy words.

- *Closer*, directed by Mike Nichols, written by Patrick Marber

사랑한다고 말하기는 쉽지만, 온전히 사랑하는 사람이 되기는 얼마나 어려운가. 댄은 자기 마음이 쓸쓸할 때는 트렌치코트 걸치듯 얼마든지 사랑을 걸칠 수 있는 사람이었지만, 알리스에게 사랑은 속옷 한 장까지 다 벗어던져도 마지막까지 남아 있는 살갗, 피부 같은 것이었다.

나 역시 래리에게 동의한다. 사랑에는 타협이 필요하다. 타협에는 고독이 따른다. 내 남자, 내 여자가 다른 사람과 잤는지 알고 싶어 미칠 것 같아도 참아야 한다. 감히

뻔뻔스럽게 비릿한 혼외정사의 냄새를 풍기며 집에 들어와도, 곤히 잠든 목덜미에 더 이상 명백할 수 없는 붉은 자국이 보이더라도, 그 목을 조르고 싶을 정도로 화가 치밀고 이 모든 것이, 우리 삶이, 인간 전체가 실망스러워 죽어버리고 싶은 기분이 들더라도 참아야 한다. 그럼에도 불구하고 그 사람을 잃고 싶지 않다면 말이다. 그 잘난 사랑을 갖기 위해서 때로는 아프고 날카로운 고독의 순간을 견뎌야 한다.

당신, 요즘 들어 향수를 자주 뿌리네
특별히 갈 데는 없다면서
금방 오냐고 물으면
모르겠다고, 정말 모르겠다고 말하지
그래, 내가 바라는 게 많은 남자인지도 몰라
제발 내 예감이 틀리면 좋겠어
하지만 내 눈은 마음을 숨길 수가 없어
언제나 이렇게 눈물이 고여 버리지……

- *Lately*, sung by Stevie Wonder

몸

난 누군가 몸을 빼내고 떠나간 후 빈 베개에 코를 부벼본 자만이 체취의 사무침에 갇힌다.
— 김소연, 『마음사전』

　요즘 사람들은 더 이상 편지를 쓰지 않는 것 같다. 나만 해도 짧은 쪽지 말고는 쓸 일이 없고, 그나마도 잘 써지지 않는다. 이메일은 편지가 아니다. 개와 늑대가 같은 개과라고 해서 두 동물을 같은 종으로 생각하는 사람은 없는 것처럼, 이메일이 아무리 돌연변이를 일으켜도 편지가 될 수는 없다.

　내가 생각하기에 결정적인 차이는 이메일에 몸이 없다는 것이다. 몸이 없으니 돌려달라고 할 수도 없다. 삭제해달라고 부탁할 수는 있어도 돌려달라고 요구할 수는 없다. 삭제했다고 해도 Ctrl + C/V해서 어딘가에 꼬불쳐두었는지 알 수 없는 노릇이며, 한때는 사랑의 밀어였던 말들이 유사시에는 그 말을 속삭인 사람의 부정과 난잡함을 입증하는 증거물로 쓰일 수 있고 그걸 온 세상 사람들이 다 알게 될 수도 있다. 추하고 소름끼치는 일이다.

　몸이 없다는 건 장점이 될 수도 있다. 다니엘 글라타우어의 『새벽 세 시, 바람이 부나요?』를 읽어보셨는지? 이 책은 이메일을 매개로 사랑에 빠진 두 남녀의 이야기다. 그 경쾌한 말들의 교환, 시간의 연속성과 불연속성을 파도처럼 타고 이어지던 재기발랄한 통신의 리듬이 얼마나 매력적이었는지 모른다. 고전적인 형태의 편지로는 오갈 수 없는 말들이고, 생길 수 없는 감정들이다. 가령 편지에 의존하는 연인은 상대의 수중에 편지가 들어가고 답장이 오기까지의 시간을 합리적으로 예상하고, 그에 걸맞은 '기다림'의 감정을 가질 것이다. 물론 그렇다고 해도 기다림의 감정 자체는 여전히 '비합리적으로' 고통스러울 테지만, 맘만 먹으면 언제든지 통신이 가능한 이메일 시대(혹은 스마트폰 시대) 연인들의 조바심, 끝없는 기대감과는 사뭇 다른 종류의 감정일 것이다.

또한 결벽증이 심한 사람들에게 이메일은 차라리 위안이 될 수 있다. 그들에게 헤어짐의 사후처리는 얼마나 신경이 쓰이고 번거로운 일이던가. 밤이면 밤마다 이제는 효력을 상실한 유치한 말들이 거무스름한 천장 위에 소환장처럼 적힌다. 지난 사랑의 흔적 일부가 세상 어딘가에 존재한다는 사실 때문에 매일 밤 뒤척이며 잠 못 이룬다. 이 신경줄 약한 자들이 마음의 평화를 찾기 위해서는 옛 연인의 얼굴을 보고 편지를 돌려받는 고역을 치러야 하는 것이다. 상대가 저열하게 나올 경우, 돌려받지 못한 편지들은 평생의 회한으로 남는다.

그러나 이메일은 돌려받고 싶어도 돌려받을 수 없으니, 어쩌겠나? 포기하는 수밖에. 뭐든지 다 해줄 것 같은 과학기술이지만, 의외로 우리는 그것 때문에 체념을 배운다. 인생에서 배터리가 똑 떨어지는 상황은 언제든 올 수 있다. 공교롭게 수중에 돈 한 푼 없고 충전할 편의점조차 없는 고립무원의 지경에 처할 수도 있다. 그럴 땐 약발 떨어진 마약쟁이처럼 초조하게 굴지 말고 차라리 깨끗이 체념하자. 체념은 인정의 또 다른 말이다. 인정할 줄 아는 사람은 언제나 멋있다.

자신의 인생 말고는 모든 것을 다 잊은 노파처럼 '과거가 좋았지'라고 고집을 부릴 생각은 아니지만, 어째 좀 찝찝하다. 몸이 없는 사랑의 말들이 진짜일까? 아니 진짜, 가짜라는 단어는 너무 도발적이다. 매체가 달라졌기 때문에 사랑이란 감정의 진정성까지 오염되었다는 증거는 딱히 없으니 말이다. 이렇게 표현하면 어떨까? 몸이 없는 사랑의 말들도 완전할 수 있을까? 몸을 갖지 못한 것들은 더 쉽게 사라질 수 있지 않을까?

편지 이야기보다도 실은 몸 이야기를 하고 싶었다. 몸을 섞지 않은 사랑이 있을 수 있다 하더라도, 몸을 배제한 사랑은 불가능하다. 적어도 사랑이라면, 몸에 대한 환상이라도 개입되게 마련이다. 사랑하는데 만지고 싶지 않다는 것이, 부비고 싶지 않다는 것이 말이 되는가? 플라토닉 러브라고 하는 말이 있다지만, 그건 마치 31가지나 되는 옵션 중에서 절대로 고르고 싶지 않은 무슨 아이스크림 이름처럼 들린다. 그런 사랑이 과연 완전할까?

내가 사랑하는 우편배달부 이야기를 하고 싶다. 그는 시도 때도 없이 바지 앞이 불룩해질 정도로 왕성한 욕구를 자랑하는 활기찬 친구이다. 편지 배달꾼으로서 만만찮게 유명한 저기 저 프랑스의 코 큰 시라노와는 다르다. 그는 자기가 좋아하는 여자에게 경쟁자의 편지를 전해주면서 "니, 가, 웃으면 나도 좋아"라고 빙충맞은 소리나 뇌까리는 토이남이 아니다. 그는 "자질구레한 덕성이 없는 인간" 조르바를 닮았다. "참한 침대에 눕는 것"을 최고의 행복으로 꼽았던 조르바는 그 침대에 참한 여자를 눕히기도 즐겼다. 조르바의 영적 동지, "가진 것이라곤 알량한 무좀균뿐인" 가난한 우편배달부 마리오는 사랑을 차지하기 위해 메타포를 배운다. 그는 위대한 메타포의 힘으로 연인 베아트리스를 "용광로보다 더 후끈 달아오르게" 만든다.

소녀는 블라우스 앞섶을 살짝 열었고 마리오는 계란을 가슴 사이로 미끄러뜨렸다. 베아트리스는 허리띠를 풀고 꽉 조인 옷을 들추었다. 소녀가 머리 위로 블라우스를 던져버리자, 계란이 바닥에 떨어져 깨졌다. 석유등 불빛에 황금색으로 물든 상체가 드러났다. 마리오는 미니스커트를 힘들게 내렸다. 소녀의 향기로운 수풀이 애욕에 찬 코를 설레게 했을 때, 마리오는 허끝을 처박지 않을 수 없었다.
— 안토니오 스카르메타, 『네루다의 우편배달부』

그 다음은 상상에 맡기겠다. 이 유쾌한 책을 읽을 때는 비틀스의 〈Please Mr. Postman〉을 배경음악으로 깔면 안성맞춤이다. 네루다가 자신의 집에 온 마리오를 위해 이 노래를 틀었을 때, 방에 있던 죽은 사물들이 춤을 추기 시작한다. "뱃머리 장식들이 움찔움찔, 병속의 돛단배들이 출렁출렁, 아프리카 가면들이 이빨을 으드득으드득, 응접실 돌들이 들썩들썩, 나무에 홈이 쩌억쩌억, 의자의 은 세공이 너울너울……." 흥겨운 음악, 재미나게 운을 맞춘 쉬운 시, 같이 춤을 출 친구, 집에서 빚은 맛있는 술, 밤마다 독차지할 수 있는 사랑스러운 나체. 인생에 더 많은 것이 필요할까?

그런데 문학작품 속에서 몸 이야기를 접할 때마다 찜찜하고 꿀꿀한 기분이 드는 것은 화려한 육체의 주안상 앞에 앉는 사람들이 항상 남자인 것 같다는 점 때문이다. 여자의 역할은 주안상을 차리는 부엌데기거나 상 앞에서 춤을 추는 무희일 때가 많다. 여자는 거의 언제나 대상이며, 대상이어서 행복한 것으로 묘사된다. 대표적인 경우가 마리오 바르가스 요사의 『새엄마 찬양』인데, 내가 이 책에서 별 감흥을 얻지 못한 이유는 강도 높은 에로티시즘 때문이라기보다 여자가 자신의 육체에 대해 느끼는 진짜배기 감정을 전혀 발견할 수 없었기 때문이다. 한마디로 이 책은 불편하다기보다 시큰둥했다. 남자의 시선으로 본 육체에 대한 찬양이 지루하게 나열되어 있을 뿐이었다. 신앙심이 없는 자의 눈에 시종일관 '할렐루야!'를 외치는 신도들이 어찌 보이겠는가?

여성의 몸이 그려내는 격한 곡선, 터질 듯한 풍만함, 오로지 그 물질적인 양감에만 찬미의 초점이 맞춰질 때, 왠지 그 여성의 매력은 점점 더 밋밋하게 느껴진다. 여자에게 육체란, 온전히 쾌락일 수만은 없다. 그것은 때로 까닭 없이 슬프기도 하고, 때로는 고통스럽기까지 한 인생의 짐이다. 그 짐 보따리 속에 간혹 값진 물건이나 깜짝 선물이 들어 있기도 하지만, 어쨌든 무겁긴 더럽게 무거운 것이다. 여자에게 남자의 육체가 간절할 때는 한 줌의 쾌락보다도 평화와 위로를 얻고자 할 때가 많다. 남자는 여자의 살을 사랑하지만, 여자는 그 살을 덮어주는 옷을 더 사랑한다.

여자는 육체를 마음 편히 잊어버리지 못한다. 육체에 대한 관심은 초경의 충격으로 시작된다. 갑자기 육체가 여기 있고, 여자는 마치 혼자서 어떤 작은 공장을 돌려야 하는 책임을 진 기술자처럼 그 육체 앞에 선다.

— 밀란 쿤데라, 『불멸』

이 남자는 어쩌면 이토록 완벽하게 여자를 이해하는 것일까? 여자를 많이 겪어본 남자가 아니고서는 이럴 수가 없다. 진정으로 유능한 남자는 여자의 육체에 대한 강박을 이해하고, 그 굳은 몸을 정성껏 주무른다. 그리고 여자가 스스로 무장을 풀게 하고 여유 있게 그 안으로 입성한다. 무장해제 된 여자는 세상에서 가장 살가운 연인이 된다.

서로의 몸이 낯설어 딱딱하게 굳는 일도 없었고, 마음이 상할까 봐 몸의 생각을 과장하지 않아도 되었다.

— 편혜영, 『재와 빨강』

굉장히 마음에 드는 문장이다. 마음이 상할까 봐 몸의 생각을 과장하지 않아도 되었다니. 여자가 자신에게 가장 편안하고 솔직한 상태가 되었을 때를 묘사한 멋진 문장이다. 오스카 와일드는 아무것도 하지 않는 것은 세상에서 가장 어려운 일이며, 가장 지적인 일이라고 했다. 그렇다면 여자는 천성이 지적인 사람들이다. 여자는 아무것도 하지 않는 것을 참말로 좋아하니까. 특히 침대에서 뺨에 닿은 아침 햇빛 한 조각을 느낄 때, 그 순간 거짓말처럼 또 하루가 밝았고 아직 세상이 끝나지 않았음을 깨달을 때, 우리는 정말이지 팔 한 짝을 들어 올릴 힘도 없는 것이다. 그래서 겨우 발가락이나 꼼지락거리면서 여전히 살아 있음을, 그러나 아직은 하루를 살아갈 의지를 끌어 모을 수 없음을 표시할 뿐이다.

하지만 바로 그런 때. 문득 옆에 나와 똑같이 연약하고 따뜻한 동물이 잠들어 있음을 깨닫는 그런 순간. 갑자기 몹시 애틋하고 몰랑몰랑해져서, 서로의 몸 이곳저곳을 문지르고 간질이다가 서서히 엉겨 붙는 아침 섹스는 참으로 달콤하다. 일이 다 끝난 다음, 살짝 피곤한 것 같긴 해도 머리는 쨍하게 개운하고 느닷없이 강렬한 식욕을 느낄 때, 침대 위로 갓 구운 빵 한 조각과 따뜻한 커피를 날라다주는 연인은 얼마나 사랑스러운가! 단순하지만 가장 완벽한 만족감! 부디 침대 위에 빵가루를 허용할 수 없다는 규칙 같은 건 잠시 잊자. 마음껏 흘리고 묻히고 게걸스러워지자. 행복은 언제나 찰나니까.

사랑이라는 관계는 두 사람의 사랑이 시작된 첫 주일 동안 연인들에 의해 경솔하게 합의된 불문율에 기초를 두고 있는 것이다. 가여운 연인들이여! 빌어먹을 그 첫 주일을 조심할지어다. 그때 침대로 아침을 날라다 주었다가는 내내 그 짓을 해주어야 하고, 그 짓이 아니면 사람이 변했느니 사랑이 식었느니 하는 악담을 들어야 한다.
— 밀란 쿤데라, 『웃음과 망각의 책』

존경하옵는 쿤데라 씨는 다 좋은데, 사랑에 대해서 너무 시니컬한 경향이 있다. 왠지 그는 무자비하고 차가운 연인이었을 것 같다. 그의 연인들은 항상 그를 더 많이 사랑했을 것이다. 나는 사랑은 무조건 따뜻한 것이 좋다. 사랑을 하는 마음은 탈이 잘 나는 허약한 장기라서, 자주 다독여주고 따뜻하게 해주어야 한다. 그런데 마음에 뜨끈한 국물을 먹이거나 담요를 덮어줄 수는 없으니, 그 대신 사랑하는 이의 몸을 극진히 보살피는

수밖에. 사랑이 깊어지면 어느 순간 상대의 몸이 내 몸처럼 느껴진다. 담배를 피우는 것도
술을 마시는 것도 내 몸이 상하는 것 같아서 도저히 용납할 수 없어진다. 예수님 말씀처럼
이웃을 내 몸과 같이 사랑하는 건 보통사람 깜냥으로 하기 힘든 일이다. 층간 소음의
원흉을 과연 내 몸과 같이 사랑할 수 있을까? 그냥 우리 만용 부리지 말고, 소박하게 딱 한
사람씩만 책임지자. 지금 우리 옆에 있는 딱 한 사람을.

이제 방에서 그들이 할 일은 더 이상 없었다. 그러나 그는 조금 더 방에 머물고 싶었다. 방 안에 다른
사람이 있는 것이 마치 모닥불 하나 피워놓은 것 같았다. 여자를 향해 손이라도 쬐고 싶었다.
— 한창훈, 「섬에서 자전거 타기」

이 문장만 보면 마치 정사가 끝난 직후의 풍경 같지만, 실은 남자의 아내가 섬을
떠나면서 냉장고에 쟁여두고 간 반찬들을 쓰레기봉지에 몽땅 쓸어 넣고 난 뒤의 상황이다.
그를 도운 여자는 섬에 죽으러 왔는데, 남자가 반찬 처리하는 걸 거들고 나서 물에 빠져
죽을 작정이다. 홀아비 신세가 된 남자는 그간 얼마나 허전했으면, 알지도 못하는 여자
하나가 방에 들어와 있을 뿐인데 모닥불 앞에 둘러앉은 것처럼 훈훈한 기분을 느끼고 있다.
아마도 사람 사는 게 이런 거구나 싶었을 것이다.

한창훈의 단편들은 하나같이 따뜻하고 뭉클하다. 그의 글을 읽으면 아비 혹은 어미가
지어준 따끈한 밥 한 그릇을 먹는 기분이다. 얼굴을 맞댈 때마다 어린 시절의 원망, 미움,
오만가지 것들이 신물처럼 올라와 진절머리가 나면서도 그래도 아비라고, 어미라고, 밥 한
끼 차려주는 그 마음에 내 마음도 먹먹해지는 것이다. 생각해보면, 참 좋다. 몸이 있어서
밥을 먹을 수 있고, 그 몸을 굴려 사랑할 수 있다는 것이. 몸은 함부로 굴릴 것은 아니지만,
때로 호탕하게 굴릴 필요는 있다. 어차피 썩어 없어질 몸. 꽁꽁 싸매놓고 있어 봐야 깊은

밤 한숨만 나올 일. 열심히 구르다 보면, 그 몸에 닿을 누군가의 손 하나 있겠지. 그 손, 그 온기를 생각하면 나도 모르게 슬며시 미소가 지어진다.

손만이 할 수 있는 가장 어여쁜 역할은 누군가를 어루만지는 것이다. 그 촉각 앞에서 우리는 어떤 공포로부터, 설움으로부터, 아픔으로부터 진정되곤 한다. 우리의 손길은 마음의 기생충을 잡아주며 위무한다.

– 김소연, 『마음사전』

난관

김소연 시인의 『마음사전』을 펼쳐 보면, 사랑에 대한 정의는 없지만 미움에 대한
정의는 나와 있다. 시인은 미움을 "사랑의 질 나쁜 상태"라고 정의했다. 즉, 미움은 사랑의
반대말이 아니라 사랑의 한 가지 양상 혹은 종류이다. 미움에 사로잡힌 사람은 행동거지가
거칠어지고 표정이 험해진다. 그리고 미움이 질투와 만나면 엄청난 파괴력을 갖게 된다.

밀란 쿤데라의 『향수』에는 안타까운 어린 연인의 이야기가 나온다. 주인공 남자아이는
여자친구에게 학교에서 단체로 떠나는 스키 여행을 포기하라고 강요한다. 여자친구가
다른 남자애들하고 같이 스키를 타는 상상만으로도 그의 마음은 이미 지옥이기 때문이다.
모든 연인들이 자신의 이기적인 목적을 달성하기 위해 써먹는 수법을 그 또한 쓴다. 이별을
담보로 한 으름장이다. "스키를 타러 가면 우리 사이는 끝장이야." 그는 스키 여행 건이
아니더라도, 전부터 끈질기게 육체관계를 요구하면서 여자친구를 괴롭혀온 터였다. 물론
그는 전혀 괴롭힘이라 생각하지 않았고, 오히려 사랑을 확인하기 위한 필수적인 절차를
거부하는 여자친구를 비난했다.

절망한 여자아이는 약을 털어 넣고, 차가운 땅에 누워 얼어 죽기로 결심한다. 그런데 그녀는 목적을 이루지 못하고, 대신 지독한 동상에 걸려 귀 하나를 잘라내게 된다. 남자아이는 여자친구가 그렇게 된 줄도 모르고 자기가 선언한 대로, 평생 다시는 그녀를 만나지 않았다. 만약 그가 그 사실을 알았더라면, 어쩌면 조금 감동했을지도 모른다. 쿤데라는 다른 책에서 "질투는 약간의 불편함도 있지만 일종의 감동"이라고 말했는데, 아마도 질투를 당하는 입장을 생각하고 한 말이겠지만 뒤집어서 질투를 하는 입장에도 적용할 수 있을 것이다. 질투에 눈이 먼 남자아이는 괴로움에 몸부림치면서, 그토록 여자친구를 사랑하는 자기 자신에게, 그리고 한쪽 귀를 잃어버릴 정도로 비극으로 치달은 그들의 사랑에 일종의 감동을 느꼈을지도 모른다.

사랑을 하면 멀쩡한 사람도 환자가 된다. 분명 3분 10초 전에 사랑을 확인하고 충성을 맹세했는데, 50초를 못 참고 사랑이 식었다고 분통을 터뜨리는 연인이 정신병자처럼 보이지 않을 수 있겠는가? 정신병자뿐이 아니다. 사랑을 다룬 수많은 문학작품에는 세상에서 제일 악독한 범죄자들과 온갖 괴상망측한 망상가, 변태성욕자, 성격파탄자들이 다 모여 있다. 곱게 사랑하기란 얼마나 어려운지, 우리의 알량한 도덕 원칙은 얼마나 쉽게 미끄러져내려 추한 본성을 흘러덩 노출시키고 마는지.

　문학계 최고의 환자는 아마도 윌리엄 포크너의 에밀리 양일 것이다. 몰락한 가문의 후손 에밀리 그리어슨은 오랜 세월에 걸쳐 음산한 저택에 스스로를 유폐하고, 홀로 고집스럽게 늙어간다. 사람들은 끊임없이 기웃거리면서 그녀를 세상 속으로 끌고 나오려 하지만, 에밀리는 조각상처럼 무겁게 그리고 묵묵히, 과거의 영광으로 이루어진 세계에서 꼼짝도 하지 않았다. 사람들은 에밀리가 안 됐다는 말을 입에 달고 살았지만, 아무도 그녀를 이해하지 못했고 아무도 그녀를 사랑하지 않았다. 에밀리는 세상 천지에 철저히 혼자로 살았고 죽을 때도 혼자였다. 그녀 일생에 딱 한 번 호머 배론이란 뜨내기 남자가 애인으로 등장한 적이 있는데, 뼈대 있는 남부 가문의 영애와 북부 출신의 막일꾼이 어울릴 리 없었다. 에밀리의 짧은 연애와 무산된 결혼 이후, 호머는 더 이상 마을에 보이지 않았고 에밀리의 저택에서는 참기 어려운 냄새가 나기 시작한다.

　오랜 시간이 흐르고 에밀리가 마침내 길고 고독했던 세상살이를 끝마치는 날이 되었다. 장례식에 참석한 마을 사람들은 그토록 오래 잠겨 있던 방 하나와 에밀리의 비밀을 보게 된다. 그 방에는 오래 전 에밀리가 마련했던 혼수용품들이 먼지를 뒤집어쓴 채 낡아가는 중이었고, 침대 위에는 한 남자의 해골이 누워 있었다. 한때 포옹하는 자세를 취했던 것 같은 해골의 모습과 그 옆에 놓인 움푹 들어간 베개에서 발견된 기다란 머리카락. 이 소름 끼치는 풍경이 에밀리의 지난 세월과 그녀의 고독, 그녀의 슬픔, 한때 그녀의 집에서 풍기던 지독한 악취를 한꺼번에 다 설명해주고 있었다.

　에밀리의 이 끔찍한 사랑도 사랑이라고 할 수 있을까? 항상 너무 많이 사랑하는 사람들이 있다. 사랑이 넘치는 사람들은 대개 끈적끈적하고 축축하다. 그런데 에밀리의 과잉된 사랑은 물기 하나 없이 푸석푸석한 느낌이다. 그래서 더 측은하다. 무엇이 그녀를 그렇게 바싹 말려버렸을까? 그런 그녀도 호머 배런 앞에서는 눈물을 흘렸을까? 눈물이 아무 소용없었을 때 결국 그녀는 비소를 사용했던 것일까? 이따금 에밀리가 창가에 나타날 때만 그녀의 모습을 볼 수 있었던 마을 사람들의 눈에, 그녀는 한없이 단단하고 완고하게만 보였다. 그러나 어쩌면 그녀의 속은 텅 비어 있었을 것이다. 아무도 그녀를 건드려본 사람이 없었기 때문에, 그녀가 쉽게 바스라질 수 있는 사람이라는 것을 몰랐을 것이다. 작가는 잔인하게도 에밀리에게 74세라는 긴 수명을 주었다. 그토록 오래 살아야 했던 에밀리는 생이 지긋지긋했으리라.

우리 집 정원에서 괴물처럼 엄청난 덩치로 자라버린 코카서스산 어수리나무를 보고 어떤 여자친구가 한 말이 생각난다. "당신이 그렇게 사랑하니까 그렇죠. 이 나무가 그걸 아는 거예요."
— 미셸 투르니에, 『외면일기』

과하게 사랑하는 사람들은 시체를 껴안고 누워서도 행복감을 느끼고, 그런 자신이 이상한 줄도 모르고, 차근차근 자랄 수도 있었을 나무를 기고만장하게 만들어서 괴물이 되게 한다. 과하게 사랑하지 말고 과감하게 절제하자. 절제는 언제나 미덕이다. 다다익선이란 말도 있지만, 사랑에 있어서는 무조건 커다란 덩어리보다 얇은 층을 겹겹이 쌓는 것이 낫다. 그것이 진정한 배려이다.

타포주를 보고 깊은 인상을 받았네. 정말이지 내가 자네에게 갖다 주었을 때는 그저 평범할 뿐이었던 고양이가 자네의 열성적인 배려 덕분에 보기 드문 짐승, 요컨대 예외적인 사내가 되었네그려. 그 녀석에게서는 내가 동물에게서 한 번도 느껴보지 못한 활기, 젊음, 광채, 자신감이 넘치고 있어.

294

투르니에의 고양이 타포주처럼 배려를 바탕으로 알맞은 사랑을 받는 대상은 놀랄
만큼 매력적인 느낌을 풍긴다. 사랑의 결과, 사랑으로 변화되는 것은 무형의 분위기지만,
사랑에 빠지는 애초의 원인은 유형의 형상일 때가 많다. 특히 옛 연인과 닮은 얼굴은 쉽게
사랑에 빠지는 이유가 된다. 심지어 영화 〈사랑니〉의 조인영(김정은 분)처럼 닮지도 않았는데
닮았다고 착각해버리는 일도 생긴다.

『엄청나게 시끄럽고 믿을 수 없이 가까운』에는 언니 대신 동생과 결혼한 남자가 나온다.
동시에 여러 사람을 사랑하는 것보다 더 못 할 짓은 다른 사람 대신 누군가를 사랑하는
것이다. 앞의 경우는 적어도 경쟁에서 승리할 확률이라도 있다. 적어도 내게 속한 사랑의
지분이 몇 퍼센트라도 있으니까. 극단적인 경우, 나머지 경쟁자들을 파묻어버리기라도
하면 그 혹은 그녀의 사랑이(어쩔 수 없이) 내게로 올 것이다. 하지만 다른 사람을 대신하는
사랑일 때는 거의 승산이 없다. 세상에서 가지지 못한 것 혹은 잃어버린 것보다 더 애틋한
건 별로 없으니까.

어쩌자고 오스카의 할머니는 죽은 언니의 남자를 사랑했던가. 그녀는 자신의 사랑을
돌려받지 못하리라는 것을 처음부터 알고 있었을 것이다. 그럼에도 불구하고 아마 어쩔 수
없었을 것이다. 사랑이 언제나 그렇듯이.

두어 번밖에 모델을 서지 않았는데도, 그가 언니를 조각하고 있다는 것이 분명해졌어. 그는 칠 년
전에 알았던 소녀를 다시 만들려 하고 있었어. 나를 앞에 놓고 조각하면서도 언니를 보고 있었던
거야.

이런 사랑은 허무하다. 결국은 마음을 다친다. 아마 그래서 오스카의 할머니도 아이를
갖고 싶었을 것이다. 세파의 무시무시함을 모르는 맑고 깨끗한 아이 얼굴을 보면서, 얼룩진
상처를 씻을 수 있으리라 생각했을 것이다. 그녀가 사랑한 남자는 자기 한 몸도 어떻게
살아가야 할지를 모르는, 이미 수습할 수 없이 망가져버린 사람이었다. 그는 곧 태어날
아기가 두려웠다. 그래서 그는 떠난다.

떠난 남자는 후회하고 그리워하고 편지를 쓴다. 그런가 하면 떠나지 못해 평생을
후회하고 자책하는 남자도 있다. 『곰스크로 가는 기차』의 주인공 남자는 어릴 적부터
곰스크로 가는 꿈을 꾸었다. 결혼을 하자마자 들뜬 마음으로 곰스크 행 기차에 오르지만,
아내가 그의 발목을 잡는다. 젊은 부부는 기차가 잠시 정차한 마을에 들렀다가, 그곳에
눌러 앉아 살게 된다. 남편은 아내를 원망하고 아내는 남편을 이해하지 못한다. 남자는
오랜 시간 인내하며 다시 차표 살 돈을 모은다. 드디어 곰스크 행 기차 앞에 선 주인공.
그러나 아무리 기다려도 아내가 오지 않는다. 기다리다 못해 집으로 가봤더니, 아내는
안락의자를 가져가지 않으면 자신도 떠날 수 없다며 고집을 부린다. 기차가 곧 떠날 텐데,
이 순간을 얼마나 기다려왔는데, 저따위 낡은 안락의자 때문에 또 기차를 놓친다니!
남자는 이번만큼은 양보하지 않겠다고 결심한다. 아내의 고집도 만만치 않다. 혼자서
기차에 오르는 남편을 보고 아내는 주소를 알려 달라고 말한다.

니체의 말이 옳구나! 여자의 해결책은 임신이라더니! 남자는 또 다시 기차를 놓치고, 이제는 영영 마을에 정착해 아이를 기르며 살아간다. 사랑의 결실인 아이가 마땅한 기쁨이 되지 못할 때, 아이의 존재는 사랑의 최대 난관이다. 아이는 열정을 길들이고 사랑을 주저앉힌다.

그럼 처녀수태 같은 건가?
그런 말을 하면 종교 관계자들이 화를 낼지도 모르지만.
뭐가 됐든 평범하지 않은 일을 하면 반드시 누군가는 화를 내.
— 무라카미 하루키, 『1Q84』

모든 여자는 잉태에 대한 축복을 원하고 배려 받기를 기대한다. 아오마메의 경우처럼 그것이 있을 수 없는 일이라 해도, 어디서 왔는지 알 수 없는 생명이라고 해도 여자는 본능적으로 그 생명을 보호하고자 한다. 어쨌든 그녀에게 그것은 명백한 현실이기 때문이다. 그러나 많은 남자들에게 여자의 임신은 실감이 나지 않는 경품 당첨 소식 같은 것이라서, 대개는 얼떨떨한 반응을 보인다. 두 팔에 실물을 안기 전까지는 막연한 기대감이나 흥분에 들떠 있을 뿐, 여자의 몸과 마음이 일체되어 느끼는 것과 같은 묵직한 기쁨을 경험하지는 못한다.

임신을 한 것만으로도 고달픈데, 세상에 보기 드문 유별난 남편 때문에 고통 받는 아내가 있다. 도스토옙스키와 그의 두 번째 아내 안나 그리고리예브나는 4년간 서유럽을 떠돌아다니며 여행을 했다. 그 기나긴 여행의 피로, 길 위의 불안정함, 경제적 궁핍,

진저리나는 빚, 가난으로 인한 이런저런 수치와 굴욕, 질병과 악몽, 불치의 도박벽……, 이 모든 역경이 레오니드 치프킨의 『바덴바덴에서의 여름』에 잘 그려져 있다. 물론 여행이 우울하기만 했던 것은 아니다. 가물에 콩 나듯 좋은 기억도 있었다.

> 그는 이곳 드레스덴에서도 우체국이나 화랑에 다녀오면서 직접 단것을 즐겨 사오곤 했다.
> 그는 그녀가 좋아하는 주전부리들과 딸기 같은 과일을 사 들고 돌아왔다. 집으로 오는 그를
> 창문으로 바라볼 때면, 그는 으레 두 손 잔뜩 꾸러미들을 들고 있었다. 그러면 그녀는 문 곁에서
> 그를 기다렸는데, 그는 그녀가 마중 나와 그의 손에서 물건을 받아 드는 걸 좋아했고,
> 조금이라도 늦게 나오면 화를 내기도 했다.
> ─ 레오니드 치프킨, 『바덴바덴에서의 여름』

도스토옙스키는 성격 자체가 감당하기 어려운데다, 징역살이의 후유증과 간질 때문에 옆에 있는 사람까지 고통스럽게 만드는 사람이었다. 지독한 가난도 스트레스였고, 무엇보다 그는 매번 좌절을 겪으면서도 도박의 유혹을 도저히 외면할 수 없었다. 그는 온갖 화려한 약속과 맹세로 찔끔찔끔 돈을 타내고, 더 이상 타낼 돈이 없으면 아내의 물건들을 저당 잡혀 가면서까지 도박장에 들락거렸다. 그가 끊임없이 푼돈을 잃는 동안, 그의 아내는 삶의 의지와 희망을 잃어가고 있었다.

> 페쟈는 우선 자신의 약혼반지를, 다음으로 그가 결혼식 때 선물한 안나 그리고리예브나의
> 금귀고리와 브로치를 저당 잡혔다. 그가 이것들을 가지고 나가자 안나 그리고리예브나는 울다가
> 급기야는 통곡까지 했다. 그렇게 온몸을 쥐어짜듯 운 것은 난생처음이었지만, 적어도 그녀가
> 기록한 바에 의하면 페쟈가 있는 데서는 결코 그런 모습을 보이지 않았던 것 같다.
> ─ 레오니드 치프킨, 『바덴바덴에서의 여름』

또 다른 러시아 작가의 결혼생활도 그리 만만치 않았다. 러시아에서 미국으로 망명한 『여행가방』의 저자는 서로의 인생에 무관심한 채 아내와 20년을 살았다고 고백한다.

그 세월 동안 우리 친구들은 사랑하고 결혼하고 이혼했다. 그리고는 이것을 주제로 시와 소설을 쓰기도 했다. 한 공화국에서 다른 공화국으로 이주한 친구들도 있다. 직업, 신념, 습관을 바꾸기도 했다. 반체제주의자와 알코올 중독자가 되기도 했다. 남을 죽이려 하거나 스스로 죽으려고 했다.

아름답고 신비스럽게 보이는 세계들이 사방에서 생겨났다가 요란한 소리를 내며 무너져 내렸다. 팽팽하게 당겨진 줄처럼 인간관계들이 툭툭 끊어져갔다. 우리 친구들은 행복을 갈구하면서 새롭게 태어나기도 하고 또 다시 죽기도 했다.

— 세르게이 도나또비치 도블라또프, 『여행가방』

어쩌면 삶 자체가 사랑의 난관이리라. 드라마 〈그들이 사는 세상〉의 준영(송혜교 분)은 사랑이 귀찮아질 만큼 사는 게 버겁다는 말이 무슨 뜻인지 모르겠다고 말한다. 단순한 성격에 유복한 환경에서 자랐고 합리적으로 사고할 줄 알지만 꽤나 자기중심적인 준영에게, 삶은 한 번도 지긋지긋했던 적이 없었을 것이다. 이렇게 말하면 준영은 자기도 힘들었던 적이 있다고, 사는 건 누구에게나 어렵다고, 잘난 척하지 말라고 그 귀여운 입을 꼬물거리며 항변할지도 모른다. 그게 아니라면, 아무리 사는 것에 지쳐도 사랑에 지칠 수는 없다고 생각했던 것일까? 그게 해맑은 낙관인지, 천진한 무지인지는 잘 모르겠다. 그러나 확실한 건, 사랑이 귀찮아질 만큼 사는 게 버겁다고 느껴질 때, 우리는 가장 손쉬운 해법으로 이별을 생각한다는 점이다. 어쨌든 삶을 중단할 수는 없으니까. 가차 없는 생의 분부가 내리면, 사랑은 힘없이 나가떨어진다.

이별

이 세상 어디선가 이별의 꽃은 피어나

우리를 향해 끝없이 꽃가루를 뿌리고

우리는 그 꽃가루를 마시며 산다

가장 먼저 불어오는 바람결에서도

우리는 이별을 호흡하나니

— 라이너 마리아 릴케, 1924년 10월 중순 시작 노트에서

릴케의 이 시구는 너무나 적요하고 침착해서 마치 이별이 삶의 불가피한 불편, 꽃가루 같은 사소한 번거로움 정도로 느껴진다. 나에게는 이런 이별이 실감나지 않는다. 이별이란 언제나 장렬한 찢어짐이 아닐까. 흥건한 출혈과 날카로운 통증을 동반하는. 상처가 겉에 있든 안에 있든, 모든 이별의 순간에 찢어짐은 소리 없이 깊기도 깊을 것이다. 이별이라면 자고로 이 정도는 돼야지 싶다.

부모 따라 한양 가니 불가불 이별이라는 뻔뻔한 몽룡에게 어찌했던가. 경대 들어 박살내고 머리채 아드득 뜯고 몽룡 실은 나귀 발밑에 몸을 던져, 설혹 버릴지언정 차마 쉬 잊지는 못하도록 안간힘을 다하였다. 갖은 감언으로 피안의 행복을 약속하는 양반 애인에게 춘향은 번번이 "아아니, 그것도 나는 싫소"라고 도리질 치며 못 박았다.

— 김혜리, 『영화를 멈추다』

지금 당면한 이별 앞에서 '피안의 행복'이 웬 말인가. 마음이 변한 사람들은 어쩌면 그렇게 뻔뻔스러운가? 차라리 남의 머리에 총알을 쑤셔 박은 야쿠자의 사과가 더 진정성

있게 느껴진다.

맞는 말이긴 하다. 오늘 슬프면 내일은 슬프지 않을 것이다. 아니 적어도 오늘 슬픈 만큼
내일의 슬픔은 덜어지겠지. 이별을 선언할 때는 최대한 솔직한 편이 서로에게 좋을 것이다.
당장의 충격을 덜어준답시고 피안의 행복 운운했던 몽롱은 같은 인간 주제에 내세의
구원을 보장했던 중세시대 면죄부 장사치들과 조금도 다를 바 없다.

메도스 양은 갑작스런 이별 편지를 받고 마음을 진정시킬 수가 없다. 아이들에게
노래를 가르쳐야 하는데, 신경이 곤두서서 집중이 되지 않고 모든 게 짜증스럽기만 하다.
사실 그가 사용한 '후회'라는 단어는 먼저 적은 '혐오감'을 지우고 새로 써넣은 말이었다.
혐오감이라니. 그런 건 바퀴벌레한테나 쓰는 단어가 아닌가? 결혼을 약속했다는 이유로
바퀴벌레 취급을 받아야 하다니. 그레고르 잠자의 서러움이 떠오르는 대목이다.

이 모든 서러움, 아픔, 억울함을 어떻게 치료해야 할까. 오스카가 뉴욕의 모든 베개
밑에서 눈물을 모아 저수지로 가져가는 배수로를 상상했듯이, 그렇게 모은 눈물을 이별의

가해자들 머리 위에 집중적으로 내리게 만드는 인공비 시스템을 발명하면 어떨까. 이 짜디짠 비는 가해자의 모발을 손상시켜 두피에서 탈출하게 만들 것이다. 탈모의 고통이 아무리 크다 한들 버림받는 고통만 할까? 발명만 되면 좋은 복수가 될 테지만, 당장 밥 한 술 넘기기 힘든 피해자 입장에서는 줄기세포 사기극의 악몽이 떠오를지도 모른다.

오직 시간만이 약일 것이다. 커튼을 가리고 어두컴컴한 방안에 칩거하는 시간이 상처를 아물게 할 것이다. 쑥과 마늘을 준비하자. 누구의 말도 듣지 말고 알량한 위로에 분노하지도 말자. 어차피 모두가 지금 나보다 행복한 자들이니까. 상처가 아무는 속도는 이 갈릴 정도로 더디겠지만, 신기하게도 그 과정이 멈추지는 않을 것이다. 착실하게 밥을 먹어두는 것도 도움이 된다.

> 바깥은 짙은 비로 갇혀 있었다. (중략) 이 쓸쓸한 하늘 아래 젖으러 나가는 소스케에게 힘이 되는 것은 따끈한 된장국과 따뜻한 밥밖에는 없었다.
> — 나쓰메 소세키, 『문』

> 고기를 많이 드셔야 합니다. 충분히요. 쌈도 싸 드시지 마세요. 고기를 소금만 찍어 드세요. 기름장도 필요 없어요. 마늘을 아주 작게 썰어드릴 테니 입가심만 하세요. 괴로울 정도로 고기를 드세요. 다시는 고기를 먹고 싶지 않을 때까지 고기를 드세요.
> — 권여선, 「솔숲 사이로」

밥이든 고기든 도저히 목구멍으로 넘어가지 않을 때는 할 수 없이 술이다. 대학 시절, 밥을 사주는 선배는 친절한 선배이고 술을 사주는 선배는 존경스런 선배라고 생각하던 때도 있었다. 그 시절 술은 철학이고, 관념이고, 휴머니즘이었다. 생각해보면 마시고 토하기의 무한반복인 어리석기 짝이 없는 무모한 모험일 뿐이었지만, 그래도 그때 마신 술들이 오늘의 나를 만들었을 것이다. 다시는 술을 마시고 싶지 않을 때까지 마신 탓에, 이제 상처 앞에서 징징대지 않는 의젓한 내가 된 거라고 믿고 싶다.

우리 모두 어디선가 상처 입어 루비처럼 단단해진 심장 하나만 품은 채 술항기로 숨어들어왔지요. 생각 자체가 잘못된 건지도 몰라요. 기사님, 어르신, 두 분 다 괴로울 정도로 술을 드셔야 해요. 다시는 술을 먹고 싶지 않을 때까지 드셔야 해요. 오래전에 선생님이 어르신께 해드렸듯이, 이 막내가 기사님께 똑같이 해드릴게요. 선생님은 쉬지 않고 고기를 구우면서 버티셨지요. 저도 그렇게 쉬지 않고 술을 따르면서 버티고 싶어요. 뜨내기 일꾼 하나가 떠난 것뿐이에요. 하나의 신념과 작별하는 일이 그렇듯 하나의 감정과 하직하는 일도 결코 쉽지는 않답니다. (중략) 다 드셔서 없애세요. 그를 우리 속에 남겨두지 말자고요. 어서 드세요. 그가 남겨놓고 간 게 이것뿐이라면 좋겠네요. 하지만 어쩌면 더 고약한 선물을 어딘가 숨겨놓고 갔을지도 모르죠. 오래전 그처럼요.
— 권여선, 「술술 사이로」

이별의 슬픔이 아무리 기세등등하더라도, 죽음 앞에서는 패악을 부릴 수가 없다. 그저 망연자실할 뿐. 그 엄청난 망연자실 속에서도 침착하게 자신을 추스르고 일생을 성찰했던 사람이 있다. 정치철학자이자 언론인이었던 앙드레 고르는 병에 걸린 아내와 동반자살하기 1년 전에 두 사람의 사랑의 역사라고 할 수 있는 아름다운 책 한 권을 쓴다. 그는 몸무게가 45킬로그램밖에 안 되는, 마르고 병든 여든두 살의 아내에게 "여전히 탐스럽고 우아하고 아름답"다고 말한다. 그들은 둘 중 어느 한 사람이 죽은 후에, 혼자 세상에 남아 살아가고 싶은 마음이 전혀 없었다.

밤이 되면 가끔 텅 빈 길에서, 황량한 풍경 속에서, 관을 따라 걷고 있는 한 남자의 실루엣을 봅니다. 내가 그 남자입니다. 관 속에 누워 떠나는 것은 당신입니다. 당신을 화장하는 곳에 나는 가고 싶지 않습니다. 당신의 재가 든 납골함을 받아들지 않을 겁니다. 캐슬린 페리어의 노랫소리가 들려옵니다. '세상은 텅 비었고, 나는 더 살지 않으려네.'

— 앙드레 고르, 『D에게 보낸 편지』

아무리 슬픈 이별이라도 죽음보다는 낫지 않은가. 그 모든 지난 연인들이 죽어서 우리 가슴에 대못을 박지 않고, 무사히 살아준 것이 그저 감사하고 감사할 따름이다. 그러니 우리, 부디 아름답게 이별하기를. 튤립처럼 초연하게 피고, 또 우아하게 스러지기를. 시간이 꽤 많이 흐른 후에 그 사람을 떠올릴 때, 아주 괜찮은 세월이었다고 기억할 수 있기를. 그때쯤이면 슬픔 같은 건 하나도 기억나지 않기를.

어머니는 우리들 앞에서, 종종, 느그 아부지는, 하고 말을 잇지 못할 때가 있다.
그 '느그 아부지'라는 말에는 너무나 괜찮은 세월이 들어 있다.

— 황지우, 『나는 너다』

이제 나는 모험을 즐기지 않는 나이가 되었고, 살을 파먹는 격한 사랑에 몸을 던지지 않는다. 이별에 피를 흘릴 일도 없고, 나를 떠났다고 해서 우주의 섭리가 그에게 벌을 내릴 거라고, 그것이 정의라고 믿지도 않는다. 사랑이 이 세상에 존재하는 한 이별도 항상 우리 곁을 서성일 것임을 인정한다. 누가 누굴 버리고 버려지는 것이 아니라 그저 서로의 길이 다를 뿐임을, 애초에 만났던 것이 잠깐 엉뚱한 샛길에 들었을 뿐임을 받아들인다.

나는 이제 서서히 길들여지기를 소망한다. 내가 가질 수 있는 행복만을 원하려 한다.

어떤 사람들은 그런 걸 정착이라고 혹은 순응이라고 부를 것이다. 냉소적인 어떤 이는 패배라고 잘라 말할지도 모른다. 그러나 나는 각질화되길 원하는 것이 아니라, 정제된 안정을 추구할 뿐이다. 한없이 단순해지고 싶고 영원히 흔들리지 않길 소원한다. 어릴 적 내게 가장 확실한 평화를 가져다주었던 소박한 간식 같은 사랑, 명색이 어른인 나는 그런 사랑을 원한다. 불안한 내 성장기의 영혼을 달래주었던 간식은 가끔 엄마가 만들어주시는 못난이 빵들이었다. 엄마가 빵을 만들 기운이 날 때는 모든 것이 평화로웠다.

요네하라 마리의 어린 시절에는 터키꿀엿 할바(ХАЛВА)가 있었다. 할바는 일정한 밀도와 끈기와 온도가 될 때까지 거품을 낸 다음에, 그렇게 생긴 거품을 저어가며 식혀서 만드는 음식이라고 한다. 거품을 내는 것만 해도 시간과 정성이 꽤나 들어갈 텐데, 그걸 다시 식혀서 먹기 좋게 만든다고 하니 이 기특한 꿀엿이야말로 인내가 미덕인 성숙한 사랑의 메타포가 아닌가.

"행복은 존재해."

리고베르트 씨는 매일 밤 그러는 것처럼 반복해서 중얼거렸다.
그랬다. 행복이 가능한 곳에서 행복을 추구하려 한다면 그건 사실이었다.
우리는 그런 행복의 부스러기에 만족해야만 불가능한 것을 얻으려고 애쓰면서
고통이나 절망 속에서 사는 것을 면할 수 있다.
– 마리오 바르가스 요사, 『새엄마 찬양』

결국 사랑이란 뭘까.
이 글을 시작할 때와 마찬가지로 나는 여전히 난감하다. 그러나 수많은 말들 속에

길을 잃어 난감한 것이 아니라, 아름다운 언어와 사랑이 뿜어내는 행복한 기운에 취해서 정신을 차릴 수가 없는 기분이다. 사랑, 그것이 무엇인지 여전히 알 수 없지만 인간을 가장 인간답게 만들어주는 감정인 것만은 틀림없다. 캐서린 맨스필드의 「가든파티」를 끝맺는 마지막 부분은 복잡하고 오묘한 인생 앞에서 혼란스러워하는 한 인간의 모습을 잘 보여준다.

내가 지금 이 순간 사랑에 대해 느끼는 감정이 꼭 이렇다.

"인생이, 인생이……"

그녀가 더듬었다. 하지만 인생이 어떤 것인지 설명할 수 없었다.

그래도 상관없었다. 로리는 무슨 뜻인지 이해했다.

"정말 그렇지?"

로리가 말했다.

— 캐서린 맨스필드, 「가든파티」

윤미나

영어 책을 우리말로 옮기는 출판번역가.
주위에서는 모름지기 서울에서 살아야만 사람 구실하는 줄 아는데, 강원도 시골에서 할 짓 못할 짓 다 하며 잘 만 살고 있다. 이희재 선생님의 지당한 이론과 이충호 선생님의 생산성으로 무장한 알파 번역가를 꿈꾼다.
『밤의 피크닉』의 다카코 같은 '뺄셈의 부드러움'이 배어 있는 글, 혹은 도로시 파커의 위트와 비틀기가 돋보이는 유쾌한 글을 쓰고 싶다. 그리고 가끔은 추풍낙엽처럼 죽을 만큼 쓸쓸해서 누군가의 살 냄새를 그리워하게 만드는 그런 글도 쓰고 싶다.
'우리가 보지 못할 뻔했던 135통의 편지'를 모은 이 책을 번역하고, '고독, 몸, 난관, 이별'이라는 테마로 사랑에 관한 책들을 다시 복기함으로써 우리가 알지 못할 뻔했던 사랑 이야기를 전해주었다.

🕮 참고한 책들

권여선, **분홍 리본의 시절**, 창비, 2007

김소연, **마음사전**, 마음산책, 2008

김혜리, **영화를 멈추다**, 한국영상자료원, 2008

나쓰메 소세키, **문**, 향연, 2009

니코스 카잔차키스, **그리스인 조르바**, 열린책들, 2000

다니엘 글라타우어, **새벽 세 시, 바람이 부나요?**, 문학동네, 2008

라이너 마리아 릴케, **소유하지 않는 사랑**, 고려대학교출판부, 2003

레오니드 치프킨, **바덴바덴에서의 여름**, 민음사, 2006

마리오 바르가스 요사, **새엄마 찬양**, 문학동네, 2010

무라카미 하루키, **1Q84(1~3)**, 문학동네, 2009

미셸 투르니에, **외면일기**, 현대문학, 2004

밀란 쿤데라, **불멸**, 민음사, 2010

밀란 쿤데라, **웃음과 망각의 책**, 예전사, 1989

밀란 쿤데라, **향수**, 민음사, 2000

세르게이 도나또비치 도블라또프, **여행가방**, 뿌쉬낀하우스, 2010

안토니오 스카르메타, **네루다의 우편배달부**, 민음사, 2004

앙드레 고르, **D에게 보낸 편지**, 학고재, 2007

요네하라 마리, **미식견문록**, 마음산책, 2009

윌리엄 포크너 외, **이문열 세계명작산책 1**, 살림, 2003

조너선 사프란 포어, **엄청나게 시끄럽고 믿을 수 없이 가까운**, 민음사, 2006

캐서린 맨스필드, **가든파티**, 펭귄클래식코리아, 2010

편혜영, **재와 빨강**, 창비, 2010

프리츠 오르트만, **곰스크로 가는 기차**, 북인더갭, 2010

한창훈, **나는 여기가 좋다**, 문학동네, 2009

황지우, **나는 너다**, 풀빛, 1999

Closer, directed by Mike Nichols, written by Patrick Marber(2004)

누군가의 서랍 속, 135통의 러브 레터

사랑을 쓰다
ⓒ 빌 샤피로 2011

초판 1쇄 인쇄   2011년 5월 6일
초판 1쇄 발행   2011년 5월 13일

엮은이   빌 샤피로
옮긴이   윤미나

펴낸이   강병선
편집인   윤동희

기획   서영희
편집   서영희 박은희
디자인   문성미
마케팅   방미연 우영희 정유선 나해진
온라인 마케팅 이상혁 한민아 장선아
제 작   안정숙 서동관 김애진
제작처   영신사

펴낸곳   (주)문학동네
출판등록   1993년 10월 22일 제406-2003-00045호
임프린트   북노마드

주 소   413-756 경기도 파주시 교하읍 문발리 파주출판도시 513-8
전자우편   booknomad@naver.com | 트위터 @booknomadbooks
문 의   031.955.2660(마케팅) 031.955.2675(편집) 031.955.8855(팩스)
페이스북   www.facebook.com/booknomad

ISBN   978-89-546-1498-6 03810

www.munhak.com

My dearest Lizzie;—

I dont know whether you seen me this morning or not, I saw you by the drug store where you met Miss Weignant. I expect to go to bed this afternoon, So I must write to my Sweetheart first.

I just received three nice presents from the Kueblers, I appreciate them very much as I did yours, Tomorrow I will give you your ring, I received it yesterday and had the jewelers wife take it to Allentown and have it engraved. So I will be there to put it on your finger to morrow afternoon, I showed it to the folks here and they think it very pretty, Sallie said if I would give it to her she would be my wife. But Peters love is all for his dear Lizzie, and hopes to make her happy when he gives it to her.